鎌倉文士とカマクラ

富岡　幸一郎・著

上と中：段葛　下：夜の裏小町　　写真・中村早紀

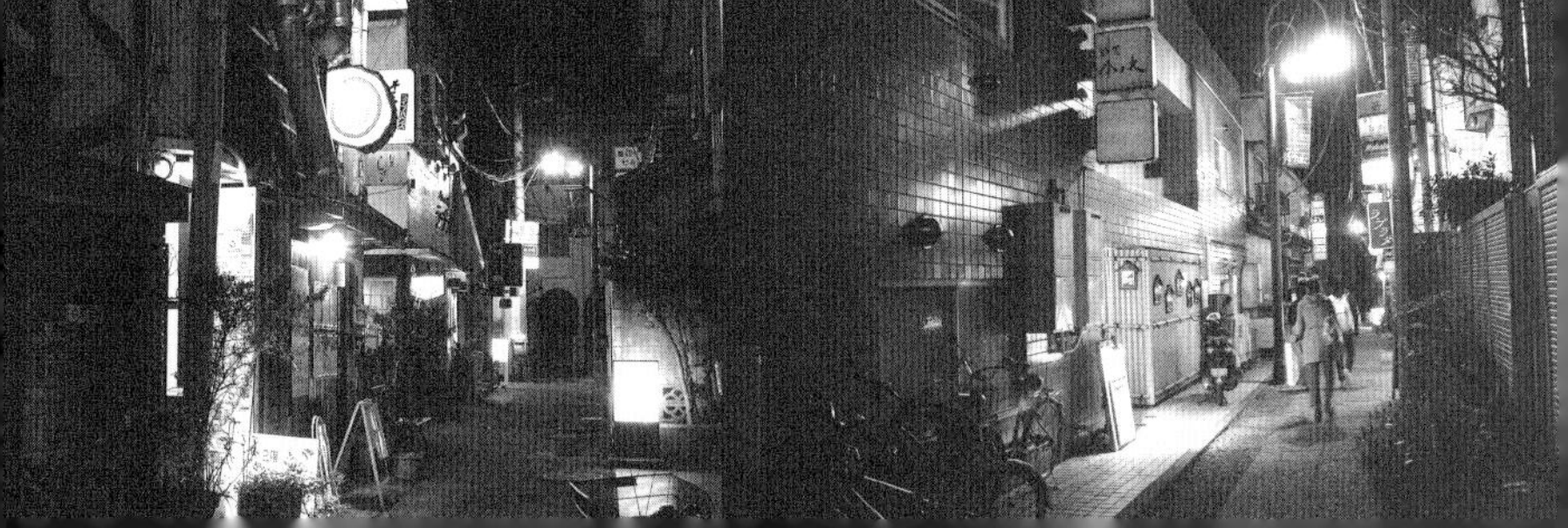

目次

第1章　鎌倉文士がいた時代

第2章　問わず語り(1)
川端康成の「鎌倉」

〈写真提供〉
鎌倉文学館『文学都市かまくら100人』
Ⓝ表示：中村早紀

第1章　鎌倉文士がいた時代

龍膽（りんどう）昭和20年代　左より　横山泰三、横山隆一、久生十蘭、久保田万太郎、那須良輔、菊岡久利、山本博章

文学都市　かまくら100人

鎌倉は、12世紀末に源頼朝によって武家の町として作られた古都である。その古都の風情が、21世紀の今日もほとんど変わらずに残っている。三方を山に囲まれ、南に海が開けている。そして山の間の小さな谷間。これを谷戸《やと》という。谷戸に入ると、町の喧騒も消えて、まさに歴史の悠久のときが聞こえてくる。四季折々の自然が、訪れる人々の目を楽しませてくれる。

明治22年に横須賀線が開通し、以降、西洋風文化、別荘地あるいは避暑地として、多くの人が訪れるようになった。鎌倉に文学者が集まってきたのも、ひとつにはそういう自然の美しさや環境の良さが関わっていただろう。首都の東京から横須賀線で1時間足らずというのも便利がいい。そういう好条件が重なったのである。今日では湘南新宿ラインができて、新宿や渋谷等からも比較的短時間で来られるということで、多くの人々が鎌倉に集まっている。

夏目漱石

鎌倉文士という言葉には時代的意味がある。それ以前、夏目漱石は明治27年に円覚寺へ来て座禅を組んだり、円覚寺の塔頭の帰源院に参禅している。そして、その経験を『門』（明治43年連載、44年刊）という作品に描いている。あるいは芥川龍之介が、大正5、6年に、当時横須賀の海軍の機関学校で英語を教えていた教師時代、由比ガ浜の今はない海浜ホテルの近くに下宿したりしていた。大正7年から1年ほどは、元八幡近くの借家で新婚生活を送っている。この時期に芥川龍之介は『地獄変』『蜘蛛の糸』、『奉教人の死』などを発表している。その後、流行作家となった芥川は東京田端に移り住むことになる。

平成17年秋に鎌倉文学館では開館20周年記念として、『文学都市かまくら100人』と題して、鎌倉ゆかりの作家、ゆかりの文学者たち100人の展示を行った。文学館に入ると展示室の最初の所に、その文士たちの名前とゆかりの場所が記されていた。鎌倉は、かくも多くの文学者に愛された町なのである。

芥川龍之介の死

昭和の初め頃に、鎌倉文士たちがやってきた。具体的には、小林秀雄、林房雄、川端康成、島木健作、今日出海、里見弴といった作家の名前が挙げられる。時代は、昭和初年の世界恐慌、昭和6年に満州事変が始まる頃である。大正12年、関東大震災があったが、以後経済恐慌、そして日中戦争へと進む大きな時代の変化、社会不安が広まっていったのである。こういう時期に、ある一群の文学者たちが鎌倉に移ってきたというのは、象徴的な出来事だったと言える。

この時代の不安や、危機意識を最も良く表したのが、昭和2年、1927年の7月24日の芥川龍之介の自殺なのである。当時の新聞を見ると、1面に、芥川の自殺を、大々的に報道している。田端の自宅で致死量の睡眠薬を仰いでの死であった。東京日日新聞は『文壇の雄芥川龍之介、死を賛美して自殺す』との見出しを掲げている。36歳で、文壇を代表するスター作家であった芥川が死を遂げたのだ。これに大正という時代の終焉を感じた人もあり、その遺書に残された1行の言葉、すなわち「ぼんやりした不安」という言葉に、迫りくる経済不況や戦争の時代の、ある不気味な足音を予感させられもしたのだった。

芥川龍之介

芥川の死は、病気や精神的な衰弱など個人的な要因によるが、当時流行しはじめていたマルクス主義文学、プロレタリア文学からの圧力など、さまざまな要因があったかも知れない。

芥川の「ぼんやりした不安」には、当時の人々がとらえていた茫漠とした時代の気分が感じられる。日本は日清戦争、日露戦争で勝利し、そして第1次世界大戦後に国際社会の中で存在感を高めていった。西洋の国々から警戒されたということもあるだろう。そういう中で、関東大震災が起きた。甚大な被害をもたらして、死者行方不明者は14万2000人を超えている。これは日露戦争の死者よりも多くて、被害総額も55億円、国富の5.4パーセントに及んでいる。昭和4年、西暦で言うと1929年に世界大恐慌が起こる。これが次の世界大戦へのきな臭い空気をもたらすことになった。こういった流れの中で芥川の自殺があったわけである。

芥川は『或阿呆の一生』という遺稿の中で、自分の姿を「古道具屋の店の剝製の白鳥」

だと言っている。

それは頸を挙げて立っていたものの、黄ばんだ羽根さえ虫に食われている。彼は彼の一生を思い、涙や冷笑のこみ上げるのを感じた。彼の前にあるものは唯発狂か自殺かだけだった

芥川の個人的な思いを超えて、近代日本もある意味では急ごしらえの西洋の剝製のような国家だったとも言える。

夏目漱石は明治44年の『現代日本の開化』という講演会で、日本の近代化は外発的な西洋化によって屈曲しはじめたと言っている。そして、昭和に入って無意識のうちに人々は、この不安の根源に突き当たったのではないか。芥川龍之介のその「ぼんやりした不安」はこうして、否応なく自分たちに時代の姿を見せることになったのである。

昭和2年4月、田中義一陸軍大将を首班とする田中内閣が成立し、山東出兵、昭和3年6月の張作霖爆殺事件、昭和6年の満州事変……外へ外へと、日本は進出していった。時代の流れが加速される。国内においては農村が疲弊し、小作農争議が頻発する。失業者が

激増する。そして、この時代の中で、新たに社会主義思想やプロレタリア文学が隆盛になっていった。

大正14年に治安維持法が発布された。これによって、昭和3年の3・15、4年の4・16と呼ばれる、日本共産党の弾圧が行われることになる。1917年に、ロシア革命があった。マルクス主義によって、史上初めての、労働者（プロレタリア）による独裁、そして資本主義から社会主義への転換ということが実験されたのである。昭和初年の文壇を席巻したプロレタリア文学の側から見れば、芥川の文学はいわゆるブルジョア、つまり資本主義の文学なのである。金持ちに搾取されている労働者の社会的な貧困とか現実を無視した、特権的な市民階級の文学にすぎないと批判されることになる。芥川の自殺は、まさに思想的、政治的、歴史的な意味を持っていたと言えるだろう。

昭和8年の2月に、『蟹工船』で有名なプロレタリア作家の小林多喜二が虐殺されるという事件が起きた。文学を取り巻く空気がさらに重いものになっていったのである。

鎌倉文士の前夜

このような激変の時代のさ中、鎌倉文士が集まってくる大きなきっかけになったのが、雑誌『文學界』の刊行であった。昭和8年の10月に、小林秀雄、林房雄、川端康成、深田久彌らが、宇野浩二、広津和郎らのベテラン作家と、重苦しい時代の空気を突き破るような新しい時代の文芸、文芸復興を旗印に、主義主張にとらわれない文芸雑誌『文學界』を創刊したのである。

当時、彼らはプロの小説家や評論家として商業雑誌に書いていたのだが、この『文學界』は同人雑誌であり、今日文藝春秋社が出している『文學界』ではない。まさに手弁当で、この鎌倉に集まった作家たちが、雑誌を作ろうということになったのだ。いや、『文學界』刊行のために、鎌倉へ集まったといってもよい。雑誌は評判になったが、翌年には資金難で一度休刊する。そして、出版元を変えて、翌年の6月に復刊している。

林房雄

ここにはとても大事なものがある。この雑誌の意味を考察してみたい。というのは、これは鎌倉文士の前夜なのである。実は鎌倉文学館でも開館30周年（平成27年）に、『鎌倉文士前夜とその時代』という記念特別展を行っている。この〝前夜〟というのは、まさに鎌倉文士たちが後にいろいろな形で鎌倉で活躍するその前哨というか、文字通り前ぶれという意味で、この『文學界』を位置づけているからだ。実際この雑誌にはさまざまな作家たちが集まったのだった。

当時弾圧されたプロレタリア文学、マルクス主義からの転向作家。この「転向」という言葉は実は重要な言葉で、コンヴァージョン、向きが変わるという、非常に強いニュアンスを含んでいる。具体的に言うと、社会主義思想を標榜する作家たちが、そういった小説を書くのをやめる、あるいは治安維持法その他で検挙された文学者が獄中で、マルクス主義を捨てたということを表明することなのである。だから、この頃、転向作家という言葉が生まれたのだ。マルクス主義文学の代表的作家であり、戦後も日本共産党で活躍した中野重治がいるが、彼も転向作家なのだ。2年余の獄中生活の後、昭和9年に転向し、翌年『村の家』という作品を書いている。これは故郷と父親との葛藤のなかで、自己の思想の行方に悩む作家の姿を描いている。

鎌倉文士の中心的存在だった林房雄も、マルクス主義から転向した作家である。林房雄は大正12年、20歳のときに東京帝国大学法学部に入学する。そして、吉野作造というデモクラシーの思想家の影響を受けた新人会に入り、メーデーに参加したり、早稲田大学の軍事教育反対運動とかに関わることになる。大正14年、22歳のときに『マルクス主義』という共産党の理論機関誌の編集員となり、林房雄というペンネームを用いるようになった。大正15年、昭和元年に、治安維持法の発動により、その未決囚として送られることになる。プロレタリア芸術同盟（連盟、日本プロレタリア作家同盟、ナップなどとも）の中央委員などにも選出されたが、昭和5年、満州事変の前年、27歳のときに共産党シンパ事件で再び検挙され、獄に入ることになった。

林房雄は、こういう左翼運動の、非常に厳しい経歴を持っており、その後転向して、今度は逆に、日本の明治以降の歴史のことを書いていくというふうになる。左翼から右翼へというのが適当かどうか分からないが、日本のナショナリズムや日本人の魂の発見ということを言うようになっていく。昭和11年に、『プロレタリア作家廃業宣言』というのを書いていて、後に『西郷隆盛』、『青年』、『壮年』などを書く。

中野重治や林房雄のような転向作家たちは、昭和の文学を考えるとき大切な作家である。

特に林房雄は鎌倉文士であったから、『文學界』の創刊には大きく尽力したのである。

小林秀雄の登場

もう一人は、文芸評論家の小林秀雄である。小林秀雄は昭和4年に、『改造』という雑誌に応募した「様々なる意匠」が次席で入選し、以後評論家として活躍する。ちなみにこのとき当選したのは、後に日本共産党の書記長となる宮本顕治の、「『敗北』の文学」という評論だった。これは先ほどの芥川龍之介の自殺を取り上げて、芥川の文学がブルジョア文学であるという批判を展開し、その限界をついた、時代を反映している評論であった。

小林の「様々なる意匠」という評論文は、当時の文学の様々な新しい表現の意匠を取り上げて、文学とはいかなるものであるかという本質を論じたものであった。

当時、影響力を持ったマルクス主義文学、そして大正後期からのモダニズムの文学——川端康成や横光利一といった作家たちが、新感覚派といわれるような作品を書いている。これは西欧の世紀末以降の影響を受けて、シュールレアリスム（超現実主義）とか、ある

小林秀雄

いは表現主義とかよばれる。文学だけではなくて、美術や絵画や音楽とか、様々な表現の新しさの流行である。さらに関東大震災後の円本（安い値段の本）ブームなどもあって人気を博したのが、いわゆる大衆小説である。

　小林の「様々なる意匠」は、何か一つの流派とか意匠を、特にいいものであるとか、これは劣っているとかということではなくて、それをあくまでも意匠として相対的に見るという、強い批評精神を示している。

　例えばマルクス主義に関しても、《世のマルクス主義文芸批評家は、笑うかもしれない。しかし諸君の脳中、脳の中においてマルクスの観念学なるものは、理論に貫かれた実践でもなく、実践に貫かれた理論でもなくなっているのではないか。まさに商品の一形態となって、商品の魔術をふるっているのではないか。商品は世を支配する、とマルクス主義は語る。だが、このマルクス主義が一意匠として、人間の脳の中に横行するとき、それは立派な商品である。そして、その変貌は、人に商品は世を支配するという変貌の事実を忘れさせる力を持っている》と述べている。

　マルクス主義というのが、一つの新しい商品のように、人の脳を刺激して動いているのではないかと、そんなことを言っているわけである。小林秀雄は、近代フランス文学の影響を受けながら、大正末年、そして昭和の前半にかけての、日本の文学だけではなくて、思想や社会や政治を貫く問題性を非常に鋭利に浮かび上がらせた、その意味で代表的な批評家だと言える。まさに近代批評の確立者であり、批評というジャンルを芸術表現に高めた、独創的な批評家であった。

さて『文學界』だが創刊に先立ち、雑誌の趣旨を書いたあいさつ状というのを1400枚印刷して、文学関係者に発送したといわれている。特定の主義主張によらない、文学者の手による文学雑誌。自分たちを編集同人と呼び、毎月編集会議を開き方針を決める。そして、執筆依頼も自分たちで行ったという。

川端康成も、東京から鎌倉に移ってきて、この『文學界』の編集に関わる。そこで小林とか林とかそういったメンバーと、親しく生活することになる。新興芸術派やプロレタリア作家が目次に並ぶということで、呉越同舟と評されたこともあるが、川端は創刊号の編集後記に、「時あたかも文学復興の兆しあり」と書いている。

林房雄は、川端宛ての封書で、これは昭和8年9月16日の消印があるのだが、深田久彌と雑誌を探しに行き、「早速紀伊國屋に立ちまわってみたら、いくら探しても雑誌がない」と記す。『文學界』の創刊号が売り切れているということなので、まあ入荷が7部ぐらいなので、当然だと思いつつも林房雄は、だんだん嬉しくなったと、書いている。

『文學界』は一年余りでつぶれ、その後、昭和9年の6月に、野々上慶一が経営する文圃堂という書店に版元を変えて、復刊された。この年の4月15日に、川端康成、宇野浩二、小林秀雄、深田久彌、豊島与志雄、武田麟太郎、野々上慶一等が集まり、復刊を決めたのである。

林房雄はこの日の日記に、「午後9時、こうせいと決定。これも勢いのなせる技である」というふうに書いている。再び同人たちで集まって、何とかやろうということで、新しい版元からこれを出したということなのである。

文学史に残る『文學界』の役割

この雑誌の意味は、今述べたような、みんなが集まって一緒にやろうという手作り感にあるのだが、もう一つ、川端などは未知の作家を発掘したりしている。その代表的なのは、当時ハンセン病の患者であった北条民雄という人がいて、ペンネームなのだが、彼の原稿を『文學界』に載せている。この『いのちの初夜』という作品は、新しい才能を発掘する名手であった川端康成にとっても衝撃的な作品で、北条が実際にハンセン病を病み、療養所に入ったその日の体験を生々しく書いたものだった。これは最近も講談社文芸文庫で復刊され今日も読み継がれている。川端は、この北条民雄と多くの手紙のやり取りもしている。この作品が彼らの手作り雑誌『文學界』に載ったというのは、文学史においても大きな意味があったと言える。

北条はその後病院で亡くなるのだが、当時のハンセン病には誤解もあって、家族や血族から絶縁されていた。病院から電話で知らされた川端は、亡くなったその日に出版社の人と二人で駆けつけ、防毒着を着て北条民雄の遺骸に合掌したのだった。川端の『寒風』という短編小説にその日のことが書かれている。(但し、北条の身元を知られないように、実際には四国から父親が遺骨を引き取りにきたのを、「北海道から母親が」と変えてある)これは川端の作品の中でも非常に印象深い一編である。

鎌倉文士たちは、後に鎌倉カーニバルとか、鎌倉文庫とかいろいろやっているのだが、その原点は『文學界』であろう。時代の危機の中で、自由な言論を何とか保持しようとして、さらに未知の才能を遺憾なく発揮させる場所として、雑誌を作ったということなのである。

小林秀雄は、この『文學界』に、彼の代表作になる『ドストエフスキイの生活』という評論を連載している。あるいは、『私小説について』という、当時の文壇状況を批評した大事な論文を書いている。決して片手間ではなくて、自分たちの中心になる仕事を、この同人雑誌に載せているのである。

そして、小林秀雄の後輩になるが、新鋭の批評家として若き中村光夫が参加している。中村光夫も鎌倉文士の一人であり、明治44年の生まれである。中村光夫は、フランス文学を勉強した人だが、東大在学中にこの『文學界』にモーパッサンというフランスの作家論を発表して、新鋭批評家として認められた。さまざまな才能がここで開花した。

マルクス主義、プロレタリア文学が弾圧された前後から、もう一つの潮流として、日本浪漫派が出てきた。これは、日本の伝統的な価値観や、古典文学の再発見をする。プロレタリア文学とは対極的な位置にあった。その代表的な論客が、保田與重郎である。保田與重郎は戦後は一時期、戦前戦中に日本主義、皇国史観を鼓舞した評論家として戦争責任を問われるのだが、非常に優れた評論家であり、特筆すべき文学者として今日、高く評価されている。その保田與重郎も『文學界』に寄稿していたのである。

近代日本文学、近代日本語の創造的散文は、昭和10年ぐらいに頂点を迎える。明治以降およそ70年の歳月である。ちょうどその時期に『文學界』という同人雑誌に、さまざまな潮流、サークルの人たちの文章が一気に載るということは、大変面白いことである。だから、鎌倉文士の源流は、この雑誌『文學界』にあるということを強調したい。

もう一つ、この『文學界』の評価には、その時代だけではなく、戦後においてもいろいろと議論されたのである。

たとえば、昭和21年に創刊された『近代文学』という雑誌に集った戦後派作家たちと伴走した批評家の本多秋五が、小林秀雄を論じた中で、この時期の文壇情勢についてこんなふうに言っている。

これは本多秋五の『小林秀雄論』の一節である。「左翼文化運動の破滅によって」、弾圧されて「それまで左翼に占められていた文学界の中央に小林秀雄は押し出されて来た」と。これは昭和4年の『様々なる意匠』以降である。だから、小林秀雄はどちらかというと、反マルクス主義、反プロレタリア文学的に見られたりしていたのだ。

しかし戦争の激化の中で、「満州事変から支那事変へとすすむ情勢のなかで、こんどこそ俺達の番だ——といわゆるリベラリスト文学者達までが、弾圧を憂慮せねばならぬ雲行きになって来た」。日中戦争が昭和12年に始まり、昭和16年の12月からは大東亜戦争（太平洋戦争）に突入する。

本多はその状況を次のように論じた。

そこにより高い見地からすれば、文学界における人民戦線のごときものの可能性が発生していたと考えられる。小林秀雄は、……この左翼壊滅の後、戦争絶対化に到る間において、より広められた振幅の活動を見せていると思う。林房雄と組み、亀井勝一郎、森山啓等を包容した『文學界』初期の活動は、俺達でなくて誰が日本文学を背負って立つか――という自負のもとになされた活動と推量されるのだが、この頃の何時か、彼は文学における人民戦線結成のごときものを意図したのではないかと想像される。日本文壇の実有人物と、それまでの積もり積もった行きがかりとは、遂により高い可能性を可能におわらせるしかなかったし、小林秀雄にどういう首尾ある組織理論のあったはずもないのだが。

「人民戦線」という言葉が出てきたが、これは当時の国家主義や軍国主義、天皇制の強化された皇国史観とか、そういう中で、左翼的な思想文学から、比較的リベラルな文学まで、そういう文学者たちが集まって、統一戦線を作っていこうといった考え方なのである。だから、『文學界』という雑誌の場において自由な言論を保持しようとする、反体制の人民戦線のごとき可能性が発生していたのではないかというのだ。この考え方は非常に興味深いが、実際にそうであったかどうかは分からない。本多秋五の他に、戦後の代表的な評論家に平野謙がいる。この平野謙や本多秋五らは、やはりこの昭和10年前後の小林秀雄、あるいは小林秀雄たち『文學界』に、そういった人民戦線的なイデオロギーの可能性を見ようとしたのである。

後の世代になるが、これも鎌倉文士である、評論家の江藤淳がこうした見解に反対している。江藤がデビューするのは昭和30年代なのだが、『小林秀雄』という優れた評伝を書いている。この評伝の中で、平野謙や本多秋五らが、昭和10年前後の小林秀雄及び『文學界』にこういう人民戦線のような、過度に政治イデオロギー的な解釈を見いだすのは強引すぎると批判を加えている。

ただ、いずれにしても、後にこのような議論を起こすような、可能性の広さを、同人雑誌としての『文學界』は持っていた。今日では、文学史から忘れ去られているので、付言しておきたいのである。この鎌倉の地において、そういった文学運動が展開されたというのはとても重要なことだと思う。

鎌倉カーニバルとペンクラブ

東大英文科で芥川龍之介と同級だった、小説家の久米正雄も鎌倉文士の代表的人物である。戦争の時代に入っていく中、昭和9年の7月に、久米正雄の発案で、大佛次郎らも協力して、「鎌倉カーニバル」が開催された。毎年、龍神や金太郎など、その年の主なる神様を、適当にでっちあげ、それを模型に作って、若宮大路を仮装パレードしたのだ。

昭和13年、戦前最後のカーニバルが行われた。これには、当時の鎌倉の人口とほぼ同じ5万人が見物に来たというほどのイベントになっていた。東京朝日新聞の、昭和9年7月16日の朝刊に、『珍奇百態、海の銀座、鎌倉のカーニバル』という記事が出たりしている。

これは久米が、フランスのニースでカーニバルを見たことがあって、その5年後にこのカーニバルを発案したのだという。仮装行列パレードは17時から、その年の主神と鎌倉を

戦後の鎌倉カーニバル　戦争で一時中断していたが、昭和22年から復活。

練り歩いて、湯河原まで鎌倉盆踊りを踊るというものだった。時代の困難さを打ち破ろうとする文学活動をやりながら、一方で鎌倉の市民たちとこういう交流をしたのは、とても面白い。今日、地域活性とか地域連携事業とかいわれるが、文学者がこういうことで関わっていくというのは、これもやはり、鎌倉の持っている場のポテンシャルなのだろう。武家の古い町であると同時に、西洋文化、別荘文化とかを受け入れていく、広い意味でのモダニズムの色調を持った町なのである。そういう町だからこそ、こういう文士と市民が一体となることができたのだろう。

また、昭和11年に、この久米正雄を会長に「鎌倉ペンクラブ」が発足する。小林秀雄、林房雄、川端康成、深田久彌も名を連ねた。翌年の東京朝日新聞神奈川版で、『鎌倉ペンクラブ』の面々を紹介する連載が始まる。連載の最初に登場した久米正雄は、「鎌倉文士あり」と気炎を吐いている。

鎌倉文士という言葉はここから出ているのではないかと思われる。文壇鎌倉組とか、鎌倉に住む文士を鎌倉組と呼んでいたのだが、この中で「鎌倉文士あり」という久米の言葉が非常に象徴的である。いろいろな意味で、久米正雄は鎌倉文士の中心的存在になって、戦後も彼が亡くなるまで、皆が集って活躍する。

芥川は、短く鮮烈な作家人生を閉じたのだが、漱石門下の同期には、この久米正雄がいたのである。芥川が鎌倉に住み続けていたらとの思いがよぎる自殺の前年、芥川は「鎌倉を引き上げたのは一生の誤りであった」と夫人に語ったという。芥川の孤独とは対照的に、鎌倉に来ることで、人間性とか社会性とかのいろいろな力を発揮して文士を束ねていった久米正雄であった。

そしてもう一人、芥川の同期には菊池寛がいたのである。菊池寛は作家であり、文藝春秋社を作った人である。今日の芥川賞、直木賞は、昭和10年に、菊池寛が作った。また、芥川の同期の一人は久米正雄で、鎌倉を一つに束ねていく。一方で菊池寛は日本の文学ジャーナリズムを確立させていく。この二人が芥川の両側にいたということは大きい。

『鎌倉ペンクラブ』の発足、これも先ほどのカーニバルと共に鎌倉文士という名前を定着させるきっかけだった。ただ、同時に戦争が深まってきて、国は文士たちを戦場に、広報のために、戦意高揚的な意味でペン部隊として送ったのである。久米正雄らが中国に渡るなど、文士たちも時代の激動の流れに巻き込まれていった。戦況が深刻になるにつれて、次から次へと雑誌は休刊、廃刊になっていく。文士たちも発表の場を失う。また生活の糧を失うことになる。

昭和19年の暮れぐらいから、本土の空襲が烈しくなり、東京大空襲が昭和20年の3月に起きる。市街地の40パーセント以上が壊滅的な被害を受ける。蓄えが心もとなくなった鎌倉文士たちは疎開せず、むしろ鎌倉に籠城するという感じであった。

貸本屋『鎌倉文庫』の誕生

昭和20年の4月に、久米邸に集まった小林秀雄、川端康成、高見順が、生活の糧を得るために、自分たちの蔵書を持ち寄って、貸本屋を開くことを決めた。多くの文士がこれに賛同して、昭和20年5月1日に貸本屋『鎌倉文庫』が開店した。これも、鎌倉文士の有名

出版社鎌倉文庫の社員旅行　久米正雄（中央）

看板　里見弴書

な事績である。一般のお客さんが来る。本もなかなか読めない時代、これは、文士たちの大きな活動になったと言える。実際にその店番に川端がいたりとか、高見順がいたりとか、そういう風景もあったわけである。鎌倉は幸いにも空襲を免れたが、物資と自由を奪われた戦争の状況下で貸本屋『鎌倉文庫』には、予想を超える多くの市民たちが集まったのだった。文士たちも家族総出で手伝ったのである。

『鎌倉文庫』の写真が残っている。近くの風呂屋の主人が、店の看板を仰ぎながら大佛次郎に、「店という店が縮こまっている中で、こういうにぎやかな店ができるとやっぱり気持ちがいいですなあ。先生方のおかげでこの通りにも活気が出てきました」と言ったそうである。「若宮大路だよね、これ」と、高見順が懐かしそうに語ったのだった。

鎌倉の漫画家、画家としても有名な横山隆一が、『鎌倉文庫』のポスターを描いた。人気キャラクター『フクちゃん』を描いたポスターだった。横山は昭和12年から鎌倉に住んで、ペンクラブの会員になった。そして鎌倉の文士たちと親しく交流している。そういう意味では、貸本屋『鎌倉文庫』というのは戦争の暗い時代の、厳しい統制の中で、一つの文化の灯をともしたといっていいと思う。

　清水崑という絵描きがいたが、『鎌倉文庫』の店内の賑わいを描いた絵などがある。横山隆一、大佛次郎、久米正雄、小島政二郎等々の人々が、清水の絵の中に生き生きと現れている。『鎌倉文庫』は、100冊近い貸本が

かし本や鎌倉文庫繁昌図　清水崑画

久米家に集められて、蔵書印を押された。手分けして作業をするため、この他に、数種類の印が用意されたと思われる。今、貸本屋などあまりないが、こんな活動をやったのである。

　久米正雄が『わが鎌倉文庫の記』という文章で、「空襲が激化すればするほど、人々は絶望的になって、書物など振り向きもしないかと案じていたのに、これは意外だった。かえって人々は空襲の恐怖を、書物の慰安によって追い払おうとしているがごとく見えた。ここにも文化の必要性がはっきり、恐ろしいほど見えていた」というふうに書いている。あるいは川端康成が『貸本店』という文章で、「平和な時代と変わらず書物の溢れてい

た店は事実国内にここ一つしかなかっただろう。日本一の親切な店、日本一のおとなしい店とも私は言っていた。事実私どもと読者の間には親しい心が潤い通っていた」というふうに書いている。借りにくる人たちと、貸す文士たちとの間に、心が自然に通っていたということだろう。

島木健作の最期の言葉

昭和20年8月14日に、日本はポツダム宣言を受諾し、翌15日、天皇自らがラジオを通して終戦の詔勅を述べた。

鎌倉文士の一人に、島木健作という作家がいた。島木は、小林秀雄や川端康成とも大変親しかった人である。この作家もマルクス主義文学からの転向作家である。

明治36年に札幌で生まれた島木は、大正11年、19歳の頃から、社会主義思想に関心を持つ。左翼運動家となるが検挙されて、昭和4年に転向表明。小林多喜二の『蟹工船』が発表された年である。作家としては『生活の探

島木健作

求』という作品などで有名である。しかし島木健作は、終戦の2日後、8月17日に、結核で鎌倉の清川病院で亡くなってしまう。42歳の若さで病没した。

川端康成は、軽井沢にいる川口松太郎への8月21日づけの手紙で、「鎌倉の連中は全部おります。島木君は亡くなりました。明後23日か27日で、鎌倉文庫で告別式を営みます」と記している。島木は病床で、8月15日の終戦の詔勅、敗戦の報を聞いたわけで、そのときこう叫んだという。「やり直しだ、仕事のやり直しだ」。戦争が終わってこれから、新しい日本文学を作っていこうという思いだったのだ。だから、「仕事のやり直しだ」と叫んだのだろう。文士たちは、困難な時代の中にあって互いに励ましつつ頑張ってきたんだという思いが、この言葉には込められていたのだ。

文士たちは病院から島木の遺体を、暗い夜に担架に載せて運んだ。川端康成とか小林秀雄らが担架を担いで、歩いて行った。象徴的な、時代のまさに転換期を語るようなことが、鎌倉文士の中であったのである。

実はこの島木健作で、あまり言われていないことがあるので述べておこう。戦前の社会主義運動、マルクス主義運動を、島木も経験したのだが、それを象徴する作品があるのだ。

これは『癩』という小説である。ハンセン病のことである。『癩』は100枚ほどの小説で、政治犯として刑務所に服役させられている太田という主人公がいる。この太田は肺病のために隔離病棟へ移されていく。そこで左翼運動の同志であった岡田という男と再会する。岡田は金融恐慌で困窮する農民たちの争議を主導していたのだ。ところが、その岡田はハンセン病を病んでいて、全く面変わりして、太田を驚かせる。しかしそれ以上に驚かされたのは、岡田があくまでも転向表明を拒否し、権力の側に屈しなかったということだ。7年の刑を受けて入獄し、さらに病に冒された。それでも、信ずる思想、すなわちマルクス主義によって毅然たる自信をみなぎらせている岡田に、太田は圧倒される。

これは、マルクス主義という思想が実は、政治思想ではなくて、ほとんど宗教的な信仰となって肉体の次元にまで浸透しているようであるということだ。結核によって死の影におびえていた太田は、この徹底した非転向の岡田という男の思想の力強さに羨望さえ覚える。作中に、「岡田にあっては、彼の奉じた思想が彼の温かい血潮の中に溶け込み、彼の命と一つになり、脈々として生きているのだ」という一節がある。戦前の忘れられたこの作品に注目したのが、あの三島由紀夫なのである。

三島由紀夫はこの小説を論じた短い評論の中に、「この作品は当時の日本の最も強烈なマルキスト、マルクス主義者の誠実な形があった」と言っている。そして、「実に日本的な形態において、マルキシズムは何かより高次の、異質の信仰に変貌したのである」と指摘している。つまりここではまさに、共産主義思想が一種の信仰のように、当時の若い人たちに浸透していったということだ。

今の人はあまり知らないと思うが、当時、「プロレタリア・メシアニズム」という言葉があった。メシアというのは、ユダヤ教やキリスト教でいう救い主である。キリストという言葉はギリシャ語で救い主。ヘブライ語、ユダヤ人の言葉では救い主のことをメシアという。だから、メシアが到来する、救い主が到来するというのはユダヤ教、キリスト教の強烈な終末論的な信仰なのだ。イエス・キリストというのはまさに、メシアとして地上に現れたお方であるというのが、キリスト教信仰の原点である。

いずれにしても、このプロレタリア思想、マルクス主義というのは、近代日本においては、実に日本的な形態において、一種の政治思想に留まらないで、このような宗教性を帯びた理念として非常に浸透したのである。

今日から見ると荒唐無稽かもしれないが、そのことは非常に重要なことである。『文學界』の話に戻るが、あのとき転向した作家たち、プロレタリア文学の流れをくんでいる作家たちも、鎌倉文士たちが作った『文學界』に集まってきたというのは、そういう意味では面白いことなのである。

林房雄と三島由紀夫

戦争が終わって、島木健作の最期の言葉を受けるように鎌倉文士の活動が始まる。

先ほどの『鎌倉文庫』なのだが、昭和21年には、出版社として新たに展開していくことになる。文芸雑誌『人間』を鎌倉文庫から出したのだ。「文化の復興は文芸より、文芸の復興は鎌倉文庫より」というのをモットーに創刊している。この雑誌には、島木健作の遺作『赤蛙』が掲載された。川端、里見弴、林芙美子、そして正宗白鳥らの作品も掲載されている。いずれも当時を代表する作家たちである。充実した内容で、売れたそうだ。『人間』創刊と同じ年に、鎌倉大学、後の鎌倉アカデミアが開校されている。吉野秀雄、神西清、高見順らの鎌倉文士たちも講師として参加している。

それから、戦前久米正雄の尽力で注目された『鎌倉カーニバル』も、昭和22年に復活している。毎年夏に鎌倉の人口を上回る人々が訪れたということなのだ。出版社鎌倉文庫は、

三島由紀夫

鎌倉だけでなく戦後文学史においてやはり注目すべきものである。

たとえば、川端が多くの作品を『人間』に推薦したのだが、まだ学生だった三島由紀夫の戦後のデビュー作『煙草』という短編が、ここに載ったのである。当時編集長は木村徳三という人だった。三島由紀夫が川端と知り合いになって鎌倉の地を訪れ、三島が書いていた作品『煙草』と『岬にての物語』という二つの作品を、川端に預けたのだ。木村編集長がそれを見て、『煙草』のほうを選び、それが昭和21年6月、『人間』に載ったのだ。

三島は戦時中、昭和16年に、当時学習院中等科の学生だったのだが、『花ざかりの森』という作品を『文藝文化』という同人誌に載せている。これは日本浪漫派の系譜の雑誌であり本名は平岡公威というのだが、三島由紀夫というペンネームを使った。その後いくつか王朝物語風の創作を書き、それらをまとめて、東大に進んだ昭和19年に七丈書院から、『花ざかりの森』という短編集を出していた。

三島は大正14年生まれで昭和と満年齢が同じだから、昭和20年は20歳なのだ。ただ、戦後になると価値観が、がらっと変わり、日本的、古典的王朝物語というのは何か古い感じになってしまった。三島由紀夫は作家として、文壇にデビューするためには、違う方向性の作品を書かなければならなかった。それを書く場所が『人間』という雑誌であった。川端康成の推挙によって、この出版社鎌倉文庫は三島由紀夫を世に送り出したのである。

鎌倉文士の高見順もこの雑誌に関わっている。『わが胸の底のここには』という代表作は、自分の生い立ちとか学生生活に材料を得て、大正12年、16歳の時震災で罹災するまでを描いた自伝的作品である。これも『人間』に断続的に連載されている。まさに雑誌『人間』は、文芸復興の大事な役割を果たしたのである。

もう一つ三島由紀夫絡みでいうと、当時三島由紀夫が世話になった鎌倉文士が、林房雄なのである。林房雄と三島の関係は、三島が昭和45年11月25日に市ヶ谷の自衛隊で自決するまで続いた。三島は林房雄については、『林房雄論』という一冊を上梓している。今読むと、林房雄という文学者の不思議な幅の広さを感じさせる評論なのである。三島が林房雄に初めて会ったのは、昭和22年頃だった。戦後の混乱のただ中で、新橋の焼け残ったビルにあった「新夕刊」という新聞社に、林房雄を訪ねて行ったのだ。三島はこんなふうに書いている。

焼けて角がごろごろになったままの暗い階段を3階だか4階だかまで上がり、その編集室で酒を飲んでいた林氏と会った。林氏は既に酩酊していて、帰りがけに、ろくにガラスもない3階の裏窓から放尿した。

こういう豪放磊落な林房雄。戦前ある時期まではプロレタリア作家であり、その後転向して日本人の心を書き続けていった林房雄。戦後、林は体制迎合だとか、軍国主義的だとかと言われたのだが、もともとは左にも行ったし右にも行ったのだ。三島は巧みな表現で「悪名高い船長」と書いている。

まさにこの悪名高い船長が、激変する時代を乗り切ろうと大胆な取りかじを取り、しかも今まで何度かの取りかじや面かじとは違う、かつてない孤独な状況において、右にも左にも、岩礁の露出する海峡を強引に渡っていく姿であった。

林房雄という人が、鎌倉文士の中にいて、『文學界』の創刊にも関わり、そして若き青年三島由紀夫の心をとらえたということは面白い。

人間の心情としての文学

三島が描いている林房雄像というのは何者か。林房雄もまた、政治思想に翻弄された人である。しかし、思想というのは一体何なんだろうか。思想への距離感、思想よりも人間の心情を大切にすること、思想よりも深い文学の源流として心情がある。魂がある。思想は時代によって評価されたり、時代が変わるとその思想が否定されたりする。

今日、社会主義やマルクス主義的思想も冷戦の終焉によって、90年代以後に過去のものになったような気がするが、戦前の日本では、プロレタリア・メシアニズムといわれているような宗教的思想があり戦後社会でも強い影響力を持っていた。青年たちの心をとらえたのだ。思想は時代によって変わる。だが、人間の心情の深いところを、林房雄は一貫して見ていたのである。

三島由紀夫の慧眼はそれを捕えた。また、それは鎌倉文士に共通してあったものではないかと思われる。たとえば小林秀雄の文芸批評。小林の場合、文芸批評だけではなくてライフワークに江戸期の国学者である本居宣長を書き、モーツァルトとか、フランスの印象派の絵画などたくさん仕事をしている。批評の対象は、多岐にわたっていた。時代によって、小林の関心によって、変わっていった。だが、その根底に共通して流れているのは、小林秀雄の人間的魅力である。彼が芸術に感ずる、強烈な個性の中にある心情というものではないか。それが、さまざまな批評の表現を作ったのである。

川端康成も若い頃は、新感覚派と呼ばれる作品を書いている。また代表作『雪国』にしても、単純な日本回帰ではない。細部の表現を見てみよう。

作品冒頭の有名な「国境の長いトンネルを抜けると雪国であった」、その次に「夜の底が白くなった」とあるのだ。「夜の底が白くなった」とは、トンネルの向こうの雪国の夜である。闇の中にわあっと白く積もった雪が浮かび上がってくるというのを、わずか1行で、まさに詩的に描いている。新感覚派の文体である。だから、『雪国』は古い美しい日本を描いているというのはもちろんあるが、それだけではなくて、極めてモダンな日本語の文体を駆使した作品なのである。

その後鎌倉を舞台にした作品『山の音』とか、『千羽鶴』。これは円覚寺の境内とかお茶などが出てくる。そういった作品を書き続けていくのだが、やはり、川端という作家の中にある非常に深い心情が描き出される。心情が、それぞれ時と場を得て小説表現となって出てきているのである。

鎌倉文士の中にある共通性を、あえて取り出してみれば、近代の思想――近代文明のなかで変転する、流行があれば廃れていくような思想――小林秀雄の言葉で言えば〝様々なる意匠〟によってではなくて、そういうものを取り入れながら変化し、また変わらざる自己を持ち続ける心情的な世界、これがやはり大きなものとしてあるのではないかという気がする。それは、鎌倉という土地柄が育んできたことでもある。

鎌倉の源流としてのスピリチュアリティ

鎌倉の源流を考えると、「武家の都」であるのは間違いない。それは新興の武士階級、つまり平安期の貴族文化が崩れて、新興武士勢力の源氏が、自然の要塞のようなこの地に幕府を開いた。鶴岡八幡宮を中心にして、武家政権の都市を作り上げた。また北条の時代には、朝夷奈や極楽寺坂、大仏や名越など、七つの切り通しを作っている。そういう都市の整備の中で、武士という集団があった。そこに新しい生き方、新しい青春が見いだされたのである。太平記に、「弓矢の家に生まれたものは、名こそ惜しめ。命を惜しむな」とあるように、独立自尊の精神。これは外来思想によって育まれた精神ではない。日本の土着の発想から来た、武士たちの生命力というか、それが新しい思想を生み出しているのである。

もう一つは、鎌倉新仏教である。親鸞、道元、日蓮、彼らは日本史上かつてなかった、独創的な日本の宗教思想を生み出した。日本の宗教改革である。戦乱、疫病、飢饉とか現世の民衆の苦しみや艱難に応えるべく、鎌倉新仏教が、力強く救済のメッセージを語った。これも外来思想ではない。仏教は外来思想ではあるが、そうではなくて、日本人のオリジナルな宗教性が出てきたのだ。これについては鈴木大拙が、昭和19年に『日本的霊性』という名著を書いている。鎌倉時代に新しい日本のオリジナルな宗教が生まれたと言っている。日本人のスピリチュアリティ、精神性、霊性は、鎌倉時代に形成されたと言っているのだ。

それから長い歳月を経て、近代明治維新を迎えることになる。そして大正、昭和に鎌倉文士たちが集まってくる。この鎌倉という都市の中にある、そういう思想的な土壌、外来思想に影響を受けながらも、やはりそうではない、日本の土着と精神性によった、ある種の心情に裏付けられた文化が大事なのである。

そこに、鎌倉文士たちは接ぎ木されている。そう考えると、ものすごくダイナミックな鎌倉文士像が生まれるのではないか。

久米正雄が「鎌倉文士ここにあり」と書いたが、その文士をたどっていくと、かつての鎌倉武士たちに息づいていた独立自尊、矜持、誇りの精神にも相通じるものがあるように思われる。

近代以降の鎌倉という場所、トポスの上には、数百年に及ぶ鎌倉の時間が積もり堆積している。場所というのは空間だけではなくて時間を孕む。そこがたいへん重要なのだ。

時空間という言葉があるが、鎌倉文士たちを、鎌倉の時空間の中で見てみると、かなり立体的な姿が見えてくるのではないか。それが、鎌倉から発信する文化になるだろう。もちろん個々の、小林秀雄とか川端康成の文学作品もいいが、全体としてこういう文化が生まれてくる時空間とは何か。それは面白いテーマになると思う。

鎌倉文士が昭和の時代にいて、こういうことをやったというだけではないのだ。もっと深いところに日本人の心情があったに違いない。鎌倉文士の存在は、そういう心情的な基盤、深い層そのものなのではないかと思う。

鎌倉のその辺の地面を掘ると骨がいっぱい出てくる。鎌倉の文化を掘ると、鎌倉文士に流れていた東国武士団、あるいは鎌倉新仏教以来の心情が、湧き水のように出てくるのではないかという気がする。

第2章　川端康成の「鎌倉」

問わず語り（1）

故郷と喪失

川端康成の鎌倉ということでお話ししたいと思います。川端康成は明治32年大阪市生まれです。第一高等学校に入り、本郷、それから浅草に住んだりしてるわけですけれども、鎌倉に移りましたのが、昭和10年の12月5日です。これは、例の『文學界』の同人の代表者である林房雄の誘いによって当時の鎌倉町、浄明寺宅間ヶ谷に転居しました。以後、終生鎌倉に住むことになります。この年川端は36歳でした。

昭和10年という年は、日本近代文学にとってエポック・メイキングな年です。一つは、文芸春秋社によって芥川賞、直木賞が設立される。それから、川端康成の代表作である『雪国』の連載が始まります。『雪国』冒頭の「夕景色の鏡」というのが、「文芸春秋」1月号に発表されて、これを皮切りに『雪国』連作が書き始められる。

そして、『文學界』の刊行があります。昭和10年というのは川端の『雪国』、それから島崎藤村の『夜明け前』など近代日本文学の代表作が現れる時期ですね。その後戦争に入っていきますから、断絶があるんですが、いろいろな意味で昭和10年というのは象徴的な年です。この年に川端は鎌倉に移り住むことになります。以後、今日出海の案内で鎌倉を散歩したりしていくということになります。

その後、昭和12年5月に鎌倉市二階堂325に転居します。詩人の蒲原有明の家を借りています。さらに先に言えば、戦争を挟んで昭和21年の10月2日、鎌倉の長谷の246番地、現在の川端康成邸に移り住みます。47歳です。そこに終生住むことになりました。そういう意味では昭和10年に鎌倉に入ってから、亡くなる昭和47年まで、川端は、鎌倉文士として活躍する。

川端康成の鎌倉ということなんですが、鎌倉文士との関わりというよりは、川端作品を通して川端の文章からうつってくる鎌倉の魅力を語ってみたいですね。そういう意味では、実際の鎌倉の町というのと同時に、川端文学の中に現れる鎌倉です。そういう二重性を持った話になると思います。

川端さんにとっての都市を考えると、もちろん生まれ故郷の大阪がある。大阪は北区の此花町1丁目79番地というところが出生地となっています。ただし、川端はお父さんお母さんを1歳と3歳で亡くしている。で、おばあさんのところに預けられますがおばあさんも亡くなり、15歳のときに祖父も死去する。いわゆる孤児になってしまうんですね。ですから、大阪は川端の故郷でもあるけれども、そこから離れての旅人の生涯ともいえる。三島由紀夫が川端文学を称して「旅人の文学」と言ってるんです。

川端が生まれたのは年表によれば大阪市北区此花町１丁目79番地であると言われていますが、出生後1年足らずで父が死去。母の実家、黒田家に移る。大阪府西成郡豊里村に移っています。さらにお母さんが亡くなって、３歳のときに祖父母に引き取られている。大阪府三島郡豊川村、後の茨木市、小学校はここの豊川尋常小学校。祖母が亡くなって、祖父が73歳で亡くなります。『十六歳の日記』という川端さんが、後に作家になってから出した作品があるんですが、それは祖父と子どもとの生活と、死にゆく祖父の姿を、16歳の川端少年が、ある意味酷薄なと言ってもいいようなまなざしで捉えた作品なんですね。その原文は、当時書いたものなんです。

大阪、関西における川端の故郷っていうのは、一体どこなんだろうか。ノーベル文学賞を受賞した後に、此花町を知人の案内で訪ねようとしたんです。知人が戸籍謄本によって調べてくれたらしいんですよ。川端さんは近くに行きながら、それを断ったそうなんです。何か、「自分が生まれた土地に他人の調査と案内で立つことに一種のはにかみを感じた」

と語っています。自分の故郷、あるいは出生地を見たところで、これは何にもならないんじゃないかという、つまり、この地上のどこにも自分のふるさと、故郷がない。そういった意識が、川端さんの中に非常に深くある。

ということはどういうことかというと、川端は小説家になってもちろん鎌倉に住むわけですけども、常に旅行をしているわけですね。旅先で小説書いている。『伊豆の踊子』は伊豆の温泉で書いていますし、それから『雪国』は越後の温泉で書いているわけです。『古都』は京都で書いている。まさに、旅をしながら書き続けた作家であり、同時に、この地上のどこにも故郷が存在しないという、故郷喪失者としての少年というのが色濃くあったと思います。

そういう川端にとっても、実は四つの重要な町があると思っています。一つは浅草です。川端さんの作品に、『浅草紅団』がある。これは新感覚派としてデビューした川端の初期の作品です。浅草を舞台にした、非常にモダンな文体によって新たな近代的な風俗の町である浅草が描かれた。なかなか面白い作品ですね。天涯孤独になった川端が、故郷の大阪を離れまして3年後に第一高等学校受験のために最初にやってくるのが浅草なんです。

大正6年の3月末、17歳の川端はやがて作家として描くことになる、この浅草のモダニズムの世界に非常にひきつけられる。明治23年に、浅草十二階という、凌雲閣っていうんですけど、東京の名物になった、パリのエッフェル塔を模したという、67メートルのレンガ塔が建つんですね。今でいう東京タワーとかスカイツリーみたいなもんで、近代都市の圧倒的なパーツです。エレベーターはあるが電気が止まっちゃったりよくしてたらしいんだけど。上から俯瞰できるこれまでにない、名所になったんです。

銀座とか日本橋など東京の中心部と明らかに異なる相貌を持つ、浅草特有の面白さがあった。ちょっとあやしげな見世物小屋、不良少年や少女、女衒、すりや強盗。近代の風俗の町浅草。川端さんはそこに住んで、後に日本最初のレビュー劇場のカジノ・フォーリーにも関わる。そこを訪ねたりする取材の中から『浅草紅団』ができていく。モダニズムの新奇性、鮮烈さを持った町は、若き川端にとって重要な場所だったと思うんですね。

もう一つはもちろん、京都です。川端は『古都』で京都を舞台に書いたり、画家の東山魁夷との関連もあり、川端にとって大切な町だったんですね。『美しさと哀しみと』っていう作品も京都が舞台になっています。

さらに少し意外なことですが、広島です。川端は、戦後、志賀直哉の後に日本ペンクラブの会長になる。昭和24年の11月に、広島市の招きで、日本ペンクラブの会長として、広島を訪れてるんですよ。原爆被災地に足を踏み入れてます。それから翌年の昭和25年の4月にも日本ペンクラブの会長として広島長崎の地を、会員23名と共に視察しています。言うまでもなく、原爆が投下された町です。24年ですから、戦後の復興が始まっている、しかしまだまだ原爆の惨禍が生々しく残ってた頃だと思うんですね。当時、鎌倉から18時間ぐらいの列車の旅になる。広島に着き市内の原爆の跡を回って、あとラジオの収録とか、市議会、座談会、講演会、赤十字病院の訪問、非常に多忙な日を過ごす。川端はその感想を、「私は強いショックを受けた。私は広島で起死回生の思ひをした」と言っている。

ひそかな自分一人には誇張ではなかつたかもしれない。私は、この思ひをよろこんだばかりではなかつた。自らおどろきもし、自ら恥ぢもし、自ら疑ひもした。自分の生きやうかあるひは仕事の奇怪さをかへりみずにはゐられなかつた。私は広島のショックを表に出すのがためらはれた。人類の惨禍が私を鼓舞したのだ。二十万人の死が私の生の思ひを新たにしたのだ。（中略）私は広島の原子爆弾の悲劇が書きたくなつたのだ。（中略）敗戦のみじめさのなかで私は生きてゐたいと思つたやうに、広島のむごたらしさも私に生きてゐたいと思はせた。

『天授の子』という昭和25年の作品にこう書いているんですね。これは非常に、ある意味で不思議な文章で、もちろん日本ペンクラブの会長として川端は平和を願うメッセージを出してますけども、その次元とは違う。広島でこの作家が感じたのは何か人間の極限的な悲劇、人間の存在そのものが問われるような、一種の無限的な世界というか、そういうものを感じたんじゃないかと思います。

「起死回生」とか「広島は私を鼓舞した」という言い方も、驚く言葉ですよね。それから「広島の悲劇を書きたい」。川端は、広島について、もちろん書いてないです、直接は。ただ、僕は、戦後の『山の音』なんかの中に、川端はそれを書いているんじゃないかと思ってるんですね。少し縮めて言いますけども、敗戦によって打撃を受けたけれども、この原子爆弾というものの落ちた町はいかなるリアリズムでも描くことができないような、この地上に残った現実ですね。それを川端の小説家としての全感性が受け止めた。そういう意味では広島っていう町は非常に重要な町だといえると思うんですね。

「凍雲篩雪図」の世界

昭和25年に次のように書いている。広島に行った直後ですね。

去年の11月に広島に行った帰りも、私はやはり12月の20日頃まで京都にとどまって、浦上玉堂の墓や碑を見に行ったり、古美術を見歩いたりしていた。広島の原子爆弾の惨害の跡を見聞した帰りに古都の風光や古美術を見るのは矛盾した自分であろうかと去年の暮れに思ってみたものだが、今年の春も思ってみた。しかし矛盾しているとは思わないし、やはり一人の私である。広島と京都とは今日の日本の両極端かもしれないし、そのような二つのものを私が同時に見ているわけであろうが、二つとも、なおよく見たいものである。古美術を見るのが趣味とか道楽とかでないのは言うまでもない。切実な命であるこれ面白いなと思うんですよ。だから、川端にとって広島っていうのは京都と対になってるんですよ。この広島と京都をつないだ一つの美術作品があるんですね。それが、今読んだ文章に出てくる浦上玉堂、江戸中期の画家なんです。昭和25年4月25日、川端康成は、広島の帰りですね、柊屋という宿に泊った。有名な宿です。『凍雲篩雪図』、荒涼たる凍った雲がかかってるような、山の絵なんです。川端は玉堂が好きで、この『凍雲篩雪図』に並々ならぬ好奇を抱いていて、2年前に京都の帰りに米原で降りて、この絵を所有していると言われている人物をふいに訪れて「絵を拝見したい」って言ったんです。ところが「あの絵は焼けた」と言って、同時に、「夏にもう一度お越しください」と謎めいた言葉を残したと。そんなことをして、広島長崎の帰り立ち寄った京都で、降ってわいたようにこの渇望の一幅が現れたんです。だから川端は、鎌倉にいる奥さんに、「きょうは実に不思議なことがあった」と。「探していた絵が現れたんだ」と手紙を送り、そして、この名品を手に入れます。で、この『凍雲篩雪図』が、やはり戦後の川端作品に非常に大きな影響を与える。というのは、直接それを川端さんは『舞姫』という小説の中で言及してますけど、この絵こそは、川端の文学の根底から響いてくる命の流れ、大自然の中に凍りついたような孤独と寂寥感、巨大な雪の山稜として具現化した、そういう絵なんです。ですから、川端の文学の世界と玉堂が描いた風雪にそびえ立つ山と深い谷の風景が響きあう感じです。凍雲というのは凍った雲ともいいますが、山の頂に、凍った雲がゆっくり乗っていくという風景です。篩雪っていうのは、ふるいにかけるっていう意味なんですね。だから、ふるいにかけたように細かい雪が、その上に舞い降りてる。その雪がまた雲と風に巻きあげられて天に昇っていくという、そういう地から天への雪の上昇と、空から地へ雪が雲が、凍った雲が流動していくと、そしてぶつかり合う山の中段には家などが、あるいは人の姿も実は描かれてるんですが、おぼろに闇に浮かぶという。そういった非常に幽玄な、荒涼とした風景を一幅の絵として描いてます。後にこれは国宝になります。僕は水戸美術館に展示されたときと、一昨年の東京ステーションギャラリーの展覧会に行って見てきました。この絵が、京都から鎌倉の長谷の自宅へと移された。まさに玉堂の霊が乗り移ったかのようにして、そしてまた原子爆弾によって焼失した多くの人々の霊が、この作家の本性に乗り移ったかのようにして、この絵が川端の書斎へと招き寄せられていっている。昭和13年に、『鎌倉にて』という川端の文章があります。

東京から横須賀線に乗って鎌倉に降りると、もう空気そのものが違ふのに驚く。空

横須賀線Ⓝ

を仰ぐと星影までが綺麗だ。それを思ふと、東京の空気は餘りに汚い。お天気のいい日など、鎌倉と東京では、陽差しが、まるで違ふ。そして東京のカサカサした空気が、鎌倉では、綿のやうに柔らかい。東京と鎌倉――これだけの距離の差で、この變化だ。まして田舎と都會に於てをや。これだけ大気といふものが違ふといふことによつて、自然を持つ人間と、自然を持たぬ人間との差が、滑稽を感ずるまで違ふことに今更のやうに大きな驚きを感ずるのである。

短い記事なんですが、「横須賀線車中談」となってますので、横須賀線に乗りながら川端さんが語ったことなんですね。鎌倉に移り住んで鎌倉の自然というのが川端さんにとって良かった。移り住むきっかけが、『文學界』なんですけども、昭和10年11月12日に林房雄さんの浄明寺の宅間ヶ谷の隣に来るわけですよね。そこで、鎌倉町浄明寺宅間ヶ谷。「空気清澄、風光明媚、山中の隣人、とまでは行かないが、感じながら、出せば出せないこともないわい」というふうに、「風呂、台所については理想的な空き家あり。深田小林も川端さんを引っ張ってこいと言っている、来ません

鶴岡八幡宮Ⓝ

か」っていう林さんのはがきがある。もう一つ、昭和10年11月3日のはがき。「格好の家が見つかりました。鎌倉に移住する決心をしませんか。『文學界』のために。小林秀雄。ぜひ、ぜひ、ぜひ。深田久彌。志摩に旅行したら留守中にトランクを持って遊びに行く。林房雄」っていう、こういうのもあるんです。

日本の敗戦と『源氏物語』

こんなふうにして、宅間ヶ谷の家に東京から川端さんが移ってくるんです。長谷は敗戦後21年になりますけど、川端さんは、鎌倉は戦災をまぬがれますから、鎌倉で過ごしたわけです。昭和19年の暮れからアメリカ軍の東京空襲が本格化していきます。川端さんは、当時頼まれまして、空襲警報が出ると、灯火管制の夜回りをしたんですね。川端さんは、当時のことをこんなふうに書いてます。

月は格別だつた。人工の明りをまつたく失つて、私は昔の人が月光に感じたものを思つた。鎌倉では古い松の並木が最も月かげをつくつた。燈火がないと夜はなにか声を持つやうだつた。空襲のための見廻りの私は夜寒の道に立ち止まつて、自分のかなしみと日本のかなしみとのとけあふのを感じた。古い日本が私を流れて通つた。私は生きなければならないと涙が出た。自分が死ねばほろびる美があるやうに思つた。

『天授の子』昭和25年です。鎌倉に入ってきて鎌倉文士としての川端が最も強く鎌倉を感じた、そして鎌倉を通して古い日本というものを感じた、そういう瞬間だったと思うんですね。この月、古い松の並木、そして静かな夜の道ですね。鎌倉は狭い道が多いですし、谷戸がありますから行き止まりになってる。山はそんなに高くないけども、小高い山がずっと周りを巡っています。その山影が月夜に映っている。そして、川端さんは当時は浄明寺でしたけども、こちらの長谷に移りますから、海の潮騒の音も響いてくるという。そういう鎌倉というものを川端康成が全身で感じた瞬間が、戦争中に夜回りとして歩いていた時の感情だったんじゃないかと思うんですね。

それからもう一つ、鎌倉と東京を往復する、横須賀線の中で古い木版の、湖月抄本の源氏物語を読んだ。湖月抄本というのは江戸時代にできた和本です。細かい注釈が付いて、江戸時代にベストセラーになった本なんです。これを川端さんが手に入れまして、昭和18年の秋から、戦争を挟んで昭和23年まで、源氏物語を読み続けます。まさに戦火の時代の中で、千年を貫く日本の古典文学源氏物語のたおやかな世界の中に川端さんが深く入っていった。さっきの言葉で言えば、古い日本が私を流れて通ると。自分の中に、そういう源氏のような世界がある。「もののあはれ」の世界があるんだということを、祖国の滅亡を予感させる戦火の拡大のときに体験したんですね。

「列車のなかで小さな活字を追うのは目を傷めるから、そしてまたいささか時勢に反抗する皮肉もあってこの和本を選んだ」って川端さんは言ってますね。『哀愁』という作品を読みますね。22年の10月です。

かうして私が長物語のほぼ半ば二十二三帖まで読みすすんだところで、日本は降伏した。「源氏」の妙な読み方をしたことはしかし私に深い印象を残した。電車のなかでときどき、「源氏」に恍惚と陶酔してゐる自分に気がついて私は驚いたものである。もう戦災者や疎開者が荷物を持ち込むやうになつてをり、空襲に怯えながら焦げ臭い焼け跡を不規則に動いてゐる、そんな電車と自分との不調和だけでも驚くに慣ひしたが、千年前の文学と自分との調和により多く驚いたのだつた。

かな書きの文字の源氏が、戦争の現実を忘れさせる陶酔を与えた。しかしその中で、非常に深い死の予感というんでしょうか、そういうのを川端が千年昔の日本の悲しみの中に感じ取っている。これはやはり作家にとって非常に大きな体験だったと思うんです。

『雪国』は、さっき言ったように昭和10年から書き始めて、昭和12年に一冊の本として出ます。昭和10年から12年にかけて各雑誌に断続的に発表され、作中人物の島村の3度目の滞在の終わり近くの初雪のシーンで閉じられる「手鞠歌」までの章が単行本『雪国』として刊行されます。それがそれですね。ちょっと見てもらえばいいけど、これ『雪国』だけじゃないんだよ。短編も入ってる。これが最初の『雪国』なんですよ。昭和12年6月7日の奥付です。

この後、15年に「雪中火事」、16年に「天の河」っていう章が加筆されるんですけど、今われわれが読んでいる完成版の『雪国』は、昭和23年の12月に創元社から刊行されるのを待たなければなりませんでした。完成版『雪国』ですね。ということは、昭和10年発表ですから、筆を執って以来、10年余りの時を要してるんです。そして、この完成に、今言った川端の、鎌倉に移り、戦争と敗戦を迎えた、戦火の匂いがする横須賀線の中で湖月抄本の源氏物語を読み続けたということが、完成に導いた大きな要因になってると思います。ですから、戦争と敗戦という、この国にとっても未曽有の出来事が、川端の『雪国』を完成させたということは大事なことだと思います。川端にとって、そういう意味ではまさに、鎌倉は今ただここにある空間、自然とか海とか山とかの、鎌倉だけじゃなくて、長い時間をはらむ歴史の町であった。京都ともつながるトポスとして川端の中で大きな力を持って、自分の中を流れていく日本というのを深く意識させた、そういう町だったのは間違いない。

そういう経験を経て、戦後の川端は、鎌倉を舞台にした二つの代表作を書きます。すなわち『山の音』であり、もう一つが『千羽鶴』です。この二つの作品にちょっと触れながら、川端康成の鎌倉をあらためて考えてみたいと思います。

川端康成

『山の音』の魔界

まず『山の音』ですね。『山の音』は、昭和24年の9月から連載が開始されています。実は同じ年の5月より『千羽鶴』が連載されている。だから、『千羽鶴』と『山の音』は同時並行して、この二作品を断続的に発表しているんですね。だから、戦後の川端はものすごいエネルギーを持って新しく小説を書きだしたと言っていいと思います。『雪国』の完結。他にもいっぱい小説書いてます。それから『千羽鶴』と『山の音』。日本への、何か古きものへの回帰って言われていますけども、異様なエネルギーとなって、この戦後という時空間に向かって創作の筆を振るった。その一つのきっかけが先ほどの広島にあったということは間違いないと思います。

川端は日本の敗戦というのを大きな出来事として受け止めました。当時川端さんは46歳ですね。まさにその人生一番円熟期に敗戦を体験をしたということになるかと思います。「日本の敗亡が私の五十歳を蔽ふとすれば、五十歳は私の生涯の果てであった」。『独影自命』昭和23年5月でこう書く。『山の音』は昭和29年に単行本が出ていますが、この作品は魔界の文学と言われるような川端の一つの原点になってると思います。

『山の音』は、尾形信吾という62歳の主人公と1歳年上の妻が、この夫婦を基軸にしまして、戦地に行って心理的に傷を持つ息子の修一。その妻である菊子。尾形夫妻の娘である、結婚に失敗した、2人の子どもを持っている長女の房子。そういう人々が織りなす家族小説です。舞台は、昭和21年に引っ越しました長谷の自宅がモデルになっていると言っていいと思います。尾形信吾は少年の頃に妻の美しい姉に憧れを持っていた。結婚して30年あまりの歳月を過ごして、今は会社の社長として鎌倉に居を構えている。かなり豊かな恵まれた家庭であるし、修一も父親の会社に勤めてるわけです。ですから、この家庭は、例えば空襲で家が全部焼けたとか、息子が戦死したとか、そういう戦争の直接の被害を受けてはいない。戦後の生活を、中流家庭として、どちらかというとブルジョア的な家庭として営める環境にあるわけです。しかし実は、その家族の内実を見てみますと、修一は外に女を作ったりしている。房子と離別した夫は新聞沙汰になるような心中事件を起こしたりしている。そして、戦前のような家父長制度が崩れていく中で、信吾という父が家をど

甘縄神明宮Ⓝ

うやって守っていくかという、つまり、崩壊しつつある家庭をこの62歳の主人公が、どういうふうに守っていくか。そういう意味では家庭小説なんですけれども、それは物語の表面で、作品の底からだんだんと崩れていく、夫婦や家庭の異様な姿が浮き彫りになってくる。尾形信吾は息子の嫁である菊子にひそかに思いを寄せる。菊子はかいがいしい美しい嫁である。義父である尾形信吾は菊子に同情するわけです。その同情が、次第に愛情のようなものに変質していくという、道ならぬ嫁への思いみたいなものが出てくるわけですね。有名なのは、この『山の音』の音、鳴る山の描写なんですね。作品の冒頭に出てきます。

八月の十日前だが、虫が鳴いている。木の葉から木の葉へ夜露の落ちるらしい音も聞こえる。そうして、ふと信吾に山の音が聞こえた。風はない。月が満月に近く明るいが、しめっぽい夜気で、小山の上を描く木々の輪郭はぼやけている。しかし風に動いてはいない。信吾のいる廊下の下のしだの葉も動いていない。鎌倉のいわゆる谷の奥で、波が聞こえる夜もあるから、信吾は海の音かと疑ったが、やはり山の音だった。遠い風の音に似ているが、地鳴りとでもいう深い底力があった。自分の頭の中に聞えるようでもあるので、信吾は耳鳴りかと思って、頭を振ってみた。音はやんだ。音がやんだ後で、信吾ははじめて恐怖におそわれた。死期を告知されたのではないかと寒けがした。風の音か、海の音か、耳鳴りかと、信吾は冷静に考えたつもりだったが、そんな音などしなかったのではないかと思われた。しかし確かに山の音は聞えていた。魔が通りかかって山を鳴らして行ったかのようであった。

まさにここに描かれている山、これがその長谷の川端邸の背後にあります。川端邸の隣にある鎌倉最古の神社でありますす、甘縄神明神社というのがありまして、この山ともつながっています。甘縄神社は710年、和銅3年に建てられていますね。その隣に、川端さんは昭和21年の10月に転居して住んでいます。さらに言えば、甘縄神社をずっとたどっていきますと、加賀百万石の旧前田侯爵邸があります。今日そこが昭和61年から鎌倉文学館になっている、文学館の山から甘縄神社、そして川端邸の山と低い山なんですけれども連なっています。この裏山から聞こえる海鳴りのような地鳴りのような山の音、魔が通りかかって山を鳴らしていったかのようだ。この世ならぬ不思議な響きですね。この響きは主人公にとっての死の来訪の予感でもあるし、あるいは何かが崩壊していく、ここでは一つの家族、あるいは戦争によって、滅びた日本ということもあるし、戦後の荒廃もある。それをこの山の音という一つの言葉によって見事に表現している。

『山の音』は、表面では静かな日常が展開されながら、背後に崩壊とか危機とか、そういうものをはらんでいる世界。これは川端さんが言ってた、後にノーベル文学賞を受賞しての『美しい日本の私』という講演会で、一休禅師の言葉をとって「仏界入りやすし、魔界入りがたし」ということを言ってるんですね。仏界、仏の悟りの世界はむしろ入りやすい。魔界、この魔界っていうのが何かっていうのは川端文学が追求しているところだと思うんですけども、そういう世界に入るのは難しいって言ってるんですね。

川端は、『美しい日本の私』で「魔界なくして仏界はありません。そして魔界に入るのは難しいのです。心弱くてできることではありません」と言ってるんですね。文学というのは、宗教とか、救済の指針と違うのは、人間とかこの世界のぎりぎりの危機の様子を描くわけじゃないですか。そこからかすかな救いの予兆というものが現れ出ることもあるけれども、宗教と違うのは、結論を文学は与えるわけじゃない。むしろ、まさにこの仏界に対して魔界である、川端が「仏界入りやすし、魔界入りがたし」っていうのを見事な筆で書いたものすごい字があるんですけども。この川端の運筆っていうのは、ある人が、「これは鬼が書いたような字だ」と言ったんですね。川端さんて細身の、特にお年を召してからはそういう感じの人じゃないですか。だけども、ものすごく強いエネルギーを持った、リビドーを持った作家であったし、川端が原稿を執筆してる動画を見たことがあるんだけれども、ものすごい勢いで書いてます。ですからこの筆の運び、運筆を見ると、川端がまさに魔界の住人、道徳とかヒューマニズムとかそういったものを寄せ付けない非常に厳しい世界を描き続けた、まさに広島の惨状に根底で通じ、玉堂の『凍雲篩雪図』が描く荒涼たる寂寥の世界。そういう虚無と寂寥と、しかし一方に温かなたおやかなものが表裏一体になっているような、仏界と魔界が隣り合うような、生と死の世界を往復する、そういった住人として、だから旅人っていうのは地上の空間を旅するだけでなくて、彼岸と此岸、死と生の世界、仏界と魔界の世界、救済と虚無の世界と往復する。そこから小説の言葉を紡いでくる。そういう、恐ろしさが川端にはある。まさに「魔界なくして仏界はありません。そして魔界に入るのは難しいのです」。

『山の音』は、この魔界というものを川端が意識して描いた最初の作品だと、私は思います。まさに心弱くできる作品ではなかった。ですから『山の音』は、『雪国』とかのある種の叙情性をそぎ落とすような非常に強い、強靭な独特なリアリズムです。そういうところがあります。

川端のすごいところは、自分が達成したある文体の世界っていうのを、次の作品で壊して新しい文体を作ってく。自己模倣がない作家なんですよ。常に探求してる、冒険してる作家なんですね。これは、川端さんの中にある魔界的なものを追求していく過程の中でそういう作品が出てきました。戦後は『山の音』、今述べますが『千羽鶴』、そして『みずうみ』『眠れる美女』、未完に終わった『たんぽぽ』といった作品がその系譜にあると思います。

『千羽鶴』と円覚寺

『山の音』に次のような場面があります。

町は月の光なので、信吾は空を見た。月は炎の中にあつた。信吾はふとさう感じた。

佛日庵烟足軒（内部）Ⓝ

月のまはりの雲が、不動の背の炎か、あるひは狐の玉の炎か、さういふ絵にかいた炎を思はせる、珍奇な形の雲だつた。しかし、その雲の炎が冷たく薄白く、月も冷たく薄白く、信吾は急に秋気がしみた。月は少し東にあつて、だいたい円かつた。炎の雲の中にあつて、縁《ふち》の雲をぽうとぼかしてゐた。月を入れた炎の白雲のほかには、近くに雲はなく、空の色は嵐の後、一夜で深黒くなつてゐた。町の店々は戸じまりして、これも一夜でさびれ、映画帰りの人々の行手は、しんと人通りがなかつた。

『雲の炎』という章です。

これもやはり、戦後すぐの鎌倉の町の光景だと思うんです。

『山の音』の中には信吾の家のそばに魚屋がありまして、そこに信吾が会社の帰り、東京から帰ってきたときにその魚屋で伊勢エビを買うシーンがあるんですね。で、その伊勢エビを調理してもらう。そこのところに、パンパンが現れるんですよ。戦後ね、米軍の娼婦なんです。将校の娼婦はオンリーといったんです。町の女はパンパンといったんです。『山の音』にはそういった当時の鎌倉の風景とか世相なんかもある。

この作品と並行して書かれた『千羽鶴』なんですけれども、この作品はやはり鎌倉が舞台になっている川端の代表作です。主人公の三谷菊治が、鎌倉の円覚寺で催される茶会へ行く道で、千羽鶴の風呂敷を持った美しい令嬢を目にするところから始まる作品です。川端はこの『千羽鶴』、円覚寺の茶会っていうところから、この作品は伝統的な日本の茶道のこと、美しい千羽鶴の風呂敷を持った令嬢のことっていういかにも日本の伝統美を描いたような作品と思われているんですが、そんな作品ではなくて、まさしく魔界的文学です。もともと川端さんは、この作品に関してはたまたま円覚寺を歩いていて、茶会に行く２人の令嬢を見たということがあって、それがきっかけでこの作品を書き始めた。だから、どんな作品を書こうかということをほとんど考えないで、意外に川端さんはそういうこと多いらしいんですけど、ただそんなところからぼんやりと書き始めたという作品なんですね。円覚寺というトポスが川端の言葉を誘い込んだという意味でも面白い。こんなふうに書いてます。

佛日庵烟足軒（外観）Ⓝ

『千羽鶴』も『山の音』も雑誌に一回の短篇ですませるはずであつたから、今あるやうな構想はあらかじめ立ててはゐなかつた。『千羽鶴』は圓覚寺の境内で茶會にゆく二人の令嬢を見て、ただそれだけのことで、不用意に書きだしたのである。令嬢の一人が千羽鶴の風呂敷を持つてゐたかどうかも疑はしい。今では自己暗示にかかつてしまつてゐて、令嬢が持つてゐたやうな氣もするが、ほんたうは持つてゐなかつたやうである。『千羽鶴』も『山の音』もモデルは一人もない

ただ、いずれにしても、『山の音』も今述べましたように、鎌倉という場所が導き寄せた作品であるし、『千羽鶴』も円覚寺の境内、そして茶会というのが作品の言葉を導き寄せた場所になってるのは間違いないと思うんですね。

『千羽鶴』なんですけども、全編にお茶が描かれています。しかしことさら日本的な美意識を誇張するものになっていません。志野や楽茶わんが出てきます。川端さんのそういうコレクションがあるんですね。ただ、直接この作品とは関係がありません。むし

ろ『千羽鶴』における茶器や茶室は、高貴や美しさとは異なる、人間の汚辱や情欲の絡み付いたもののけとして繰り返し出てくる。

川端自身もいっています。「私は志野のことなど、なにもほんたうに書けてゐないのである。負け惜しみを言ふやうだが、私はわざとさういふ風に書いたところもある。茶道や茶器を作品にしつかり書いてみたい気持ちがあるが、それはいつ出来るかしらない、別の作品である」。ですから、川端は、『美しい日本の私』でも言ってるんですけど、『千羽鶴』は「日本の茶の心と形の美しさを書いたと読まれているが誤りで、今の世間に俗悪となった茶、それに疑ひと警めを向けた、むしろ否定の作品なのです」。

『千羽鶴』は日本の茶の心の、形式の美しさじゃない。そんなことはない。まさにおどろおどろしい魔界というか、人間男女の情欲と嫉妬と愛欲の世界、魔界への道案内のあんどんなり装飾品として、志野の茶わんとか楽茶わんが使われている。そして茶室が使われている。そして、円覚寺のこの茶会の場所が使われている。これは作品を読んでいくと、異常な世界です。伝統的なもの恐さです。ここで伝統っていうのは、亡くなってる死者の思いとか死者の情念とか、死者の悔恨とか絡まってるわけです。そういう情痴の縄から逃れるような感じで、この菊治とゆき子という女性とが邂逅していくという話なんですね。

菊治のお父さんは茶人だったんですよ。それで、茶人だった父親の愛人に太田夫人というのがいる。それからもう一人、栗本ちか子っていう、これも弟子なんです。彼女もこれも一時期なんですけど、菊治の父と関係があったんです。菊治は父親の愛人だった太田夫人と円覚寺の茶会で偶然再会するんです。そしてその直後に行きずりのように情を通じる。だから、まさにもののけのような感じで志野の筒茶わんとか出てくるんです。つまりそういう魔物が、太田夫人と菊治を結び付けていく。あるいはこの太田夫人の娘の文子と菊治を結び付けていく。異様なるものへの磁場となっているんですね。だから、父の愛人と通じた菊治はその娘とも通じるという、とんでもない愛欲の世界に入っていくんですよ。他界した菊治の父は母親以外の女、太田夫人との関係があった。あるいは栗本ちか子という弟子、彼女は胸に黒い紫の手のひらほどの大きなあざがあるちょっと不気味な女性。そういう不倫の関係があるわけです。太田夫人と、もちろん、息子としては、太田夫人は母を苦しめた存在でもあるので、また父と情を通じてたところもあるので、むしろ嫌悪すべき存在じゃないですか。だけども情を通じてしまうということになるんですね。それから稲村という名の令嬢、これが例の千羽鶴の風呂敷を持ってるんですね。これが菊治と親しくなっていくんですけども、非常に美しい清楚な、太田夫人とかの世界とちょっと違った存

浄智寺Ⓝ

在です。茶室の中でこの令嬢が茶をたてるシーンがあります。「娘らしい赤い袱紗も、甘い感じではなく、みずみずしい感じだった」。令嬢の手が赤い花を咲かせているようだった」っていう。こういうのは川端さんの名文でして、「国境の長いトンネルを抜けると雪国であった。夜の底が白くなった」っていうのと同じようで、「令嬢の手が赤い花を咲かせているようだった」っていう、新感覚派的な文体。そしてそれがお茶の所作、そして袱紗を見事に表現していると思います。そういう美しさとまた魔界的なものを書き分けていく、あるいはその美しさの中に人間の情念が込められていくという、そのような感じなんですね。

ちょっと戻りますが、太田夫人と会って、円覚寺を下りていくんですよ。太田夫人の娘を先に帰しましたっていうんですね。お嬢さんは一緒ですかって言うと、文子は帰りましたっていう。「線路を渡り、北鎌倉の駅を通りすぎて、円覚寺とは反対の山の方へ歩いていた」と書いてある。実はこの円覚寺とは反対のほうの山へ歩いていって、そこにある宿で食事をして、一夜を共にするんですよ。

父の女である太田夫人と菊治との関係、情を通じるっていう感じじゃなくて、実は、太田夫人は菊治の中に死んでいる父親の姿を見ている。そういうことなんですよ。だから、生きている男女が情を通じたりするっていうだけじゃなくて、死者との絡みが全体で出てくるという。まさに魔界でありまして、この『千羽鶴』と『山の音』は円覚寺や長谷が使われていますけども、川端が掘り下げていった魔界の文学の、最初の重要な作品になっている。その世界を誘う鎌倉のトポスが、この二つの戦後の代表作に非常によく出てるという気がします。

墓を訪ねて

昭和27年1月に、川端が『岩に聞く』という短編小説を書いています。川端さんの『山の音』や『千羽鶴』みたいな代表作にも鎌倉は重要な要素になってるんですけど、この作品は、鎌倉に住んで15年を経た私が、古い石造美術に興味を持って見て歩くことになる。そのきっかけが、鎌倉にある古い墓を訪ねたことだった、そういう話なんですね。

「墓だからね。」と、私は家の者を誘わないで、一人で出かける。だから、一人で散歩者として、鎌倉の寺々を歩いただろう。墓であるからといふのが、しかし私の見て歩くやうになつた初めであつた。私の友人や知人はすでに幾人も死んだ。その人たちの墓が出来、私はいろいろの形の石の墓を見ることが重なつた。墓の前に立つて故人を思ふから、おのづとその石の形についても思ふやうになる。

川端さんは葬式の名人なんていう名前があったくらいで、新感覚派の盟友であった横光利一を戦後亡くし、その弔辞を読んだり。それから昭和20年の8月17日、終戦の直後に、やはり鎌倉文士だった島木健作が、清川病院で亡くなってます。川端さんも親しかったし、小林秀雄や高見順とかね、永井龍男とかが皆葬儀に出てたことがあります。だんだんとそういう、知人の墓を詣でたりするとかいうのがあります。

ちなみに川端さんの今のお墓は鎌倉霊園にあります。川端さんの、話題になりました、初恋の人、伊藤初江という人がいまして、川端は一高生の頃、本郷のカフェに勤めていたこの女性と婚約をするんですね。大正10年、22歳の頃です。川端さんは孤児でしたから、この高等学校に入り、東京の生活を体験して、一高を卒業して帝大の学生になって、当時

江の島夕景（逗子マリーナから）Ⓝ

そのカフェっていうのがはやりだしたんですね。本郷の元町にありました、カフェ・エランっていう店に出掛けてそこで出会った。この女性、初江さんは、婚約を突然破棄して川端のもとを去ってしまう。その手紙とか出てきました。川端はこの初恋に破れたことが非常に心の痛手になって、これにまつわるいくつかの作品を書いてます。あるいはその後出てくる川端の作品の中の女性像、少女像にこの初江が投影されているのは間違いない。実はこの初江さんのお墓も鎌倉霊園なんですよ。ですから、2人のお墓が今、鎌倉霊園にあるっていうの偶然なのか運命なのか。ちょっと余談ですけど、思い出しました。

川端さんが、寺々を歩いてたのは、実はお墓を見て歩いてたということが、『岩に菊』という作品に記されていて面白いと思いますね。「私は古い石造美術を見に、鎌倉の寺々を歩いてゐた。『鎌倉時代のもので、鎌倉にのこってゐるのは少いが、もとのままなのは、石が多いんぢやないか。』と私は人にも言つた」。「『墓だからね。』と、私は家の者も誘はないで、一人で見に出かける」。

逗子マリーナ（材木座海岸から）Ⓝ

異界としての「鎌倉」

川端さんにとって古都鎌倉は、鎌倉のお寺は、ただお寺とか名所旧跡ではなくて、彼の中にある魔界あるいは死、亡くなった人々、つまり彼岸と此岸との往還が強くにじんでいるっていうところはあると思いますね。

川端が亡くなったのは昭和47年の4月16日なんですね。逗子マリーナマンションの仕事部屋です。最初のできた頃のマンションを、川端さんが仕事場として購入されたんですね。ですから、長谷の自宅から、この逗子マリーナマンションまでタクシーでよく行ったりした。時には海岸線を歩きながら逗子のほうに向かったこともあるそうです。このマンション今も残ってるんですね。風景としては鎌倉の海、由比ヶ浜、江の島等が見渡せる場所だったと思います。ここで、ガス自殺を遂げています。満72歳と10カ月でした。

周知のように、川端は昭和43年の10月に日本人として初のノーベル文学賞を受賞してるんですね。その頃『たんぽぽ』という長編を書きだしていました。『たんぽぽ』が、しかしこのノーベル賞以降の忙しさで、書き続けることができなくなりました。ただ、『美しい日本の私』という先ほど言った素晴らしいストックホルムの授賞式で読み上げた記念講演があります。ここにさっきの魔界の話も出てくるし、川端さんの文学への考え方っていうものがはっきり出てきます。この後、『美の存在と発見』という講義をハワイでやったりしたものをまとめたりしています。三島由紀夫の自決、市ヶ谷の事件が昭和45年の11月にあり、いろいろなことで、川端さんは小説が書けなかった。ノーベル賞受賞後に書いたのは三編の短編小説だけなんですね。その最後の昭和45年に書かれた短編が、大変興味深い。

『竹の声桃の花』という作品なんですね。この作品は、昭和45年の中央公論の12月号に発表されています。ですから、書かれたのは昭和45年の暮れだということになりますね。15枚の作品ですけれども、本当に一枚一枚刻苦勉励というか、書き上げて編集者に渡したと伝えられています。

この竹の声桃の花という言葉は『美しい日本の私』にも出てきます。実は『たんぽぽ』

という作品にも後で道元禅師の、「見ずや、竹の声に道を悟り、桃の花に心を明らむ」という言葉がある。正法眼蔵随聞記から取られたそうです。ですから、がれきが竹にあたった音を聞いたり、桃の花の色を見て仏道の悟りを開いた禅の教えから来ているそうです。

この短編の主人公は宮川という名前ですが、ほとんど川端康成その人です。この宮川が、裏山の枯れた松に止まった鷹を見るシーンから始まります。この裏山はまさに『山の音』で描かれたあの山なんです。この山に鷹が一羽飛来する。

宮川が自分の家の裏山に鷹を見たのは、おと年の春であつたから、今も見えるやうにおぼえてゐる。低い山がつらなつて來て、宮川の家の裏で、長い蠟涙のさきのやうなふくらみをなして、切れてゐる。そのふくらみが一つの小山である。裾に露出した鉛色の岩肌に、いろいろのしだがついてゐる。山の斜面はこれと目にとまる木はないが、重なりしげつてみどりの屛風のやうな勾配である。そのいただきに松の大木が一本枯れて、そそり立つてゐる。

で、この一本の枯れた松が目につくというんですね。そしてこの松に夕空から鷹が飛んできたというシーンがあります。

燃えさかる炎のなかに、大輪の白い蓮華が花を開いて、浮き出たやうなものであつた。春のほのかの夕空は、燃えさかる炎とは似も似てゐないし、鷹は白い蓮華とは似も似てゐない。しかし、枯松の上のたけだけしい鷹には、静かさも、炎のなかの白い蓮華のやうな静けさもあつた。一輪の蓮華である。

「火中の蓮華」っていうのは、仏典の維摩経の、煩悩の妄執の中に咲く救済のイメージなんですね。『眠れる美女』とか『古都』とか、あるいは『美しさと哀しみと』の中にもこのイメージは語られています。ここで突如として出現した鷹の力がそこに現れて、春の夕空の中の巨大な白い花、蜃気楼、白い蓮華が静かに浮かんでいるというイメージを描いている。

川端邸の庭から裏山の松を見上げて、枯れた松があるのかなと思っても、もちろん今は特定することはできないし、鷹の姿も直接見ることはできません。しかし川端さんが最後に書いたこの作品に出てくる裏山、『山の音』の山、そしてこつぜんと出現した鷹。そこに、一つの救いというか、浄化された蓮華の姿を見る。最後に川端さんは「鷹はなにを告げに来たのか。〈中略〉しかし、あの鷹は自分の中にあると思ふやうになつた。この町に、まして自分の家の裏山に、鷹が来てゐたと言つても、人はまづ信じさうにないので、あまり人に話さないことにしてゐる」。というふうに書いているんですね。ですから、これは川端さんの死に至る心の中に飛来した鷹。魔界を追究していった川端康成がその果てに見た、一つの、妄執の炎の中に咲く愛の浄化と救済のイメージ。それをはっきりとは書かないけれども、しかしそういう鷹は自分の中にあるように思うようになったという、この短編の最後の言葉ですね、これはとても印象深いものがあると思います。

そういう川端がなぜ自殺したのか、いろいろ臆測が言われています。しかし真実は誰もわかりません。実は川端さんは自殺するのであれば遺書を書かないほうがいいって言ってるんですね。「無言の死は無限の言葉である」。まさに無言の死なんですね。だから、川端さんの死は、なぜ自殺したか、どういう原因であったか、ということを臆測するよりも、川端さんの死の中に無限の言葉がある。その言葉は、彼の、今ちょっとご紹介した最後の短編15枚、その中に無限の言葉があると考えたい。あるいは川端が書き続けた膨大な小説。代表作で言えば、『伊豆の踊子』、『雪国』、戦後の『山の音』『千羽鶴』『みづうみ』『眠れる美女』そして未完の『たんぽぽ』。短編で言えば『片腕』とか『掌の小説』。そういう川端の、残された小説の言葉の中に無限の言葉がある。

昭和47年4月16日、逗子マリーナのマンションの部屋で川端が自殺を遂げた日。その日、夕焼けが大変美しく、雲がだいぶ出ていたようです。夕刻の頃、海に反射しながら、藍色に染まっていたと言われています。その暮れゆく光が、マリーナの4階の部屋からは由比ヶ浜や江の島の夕景色が眺められただろう。その暮れゆく光が、川端さんの目にどう映じたのか。少年の頃、一人山の上に登って日の出を見るっていうことをよくしていたそうなんですね。そういう日の光に重なるような、夕日の反射、海の光があったんじゃないか。

その部屋には、死の前年に購入しました村上肥出夫の『キャナル・グランデ』っていう画が掲げられています。実は、東京のステーションギャラリー、もちろん『凍雲篩雪図』とか川端の代表コレクションの『十便十宜図』とかいろいろな作品が出てるんですが、ギャラリーに入ったすぐのところにこの作品が掲げられていました。この村上肥出夫という画家は異常な才能と言われたそうです。いろいろなことがあって、あまり絵を描かなくなった。ただ、川端はよく歩きながら展覧会にも行ってたんですけど、この作品を購入して、部屋に掛けていました。亡くなった後、部屋をそのままにしておきましたから、この作品が残っていたようです。前の岡山のときも実は出てました。で、これは修復したのかって聞いたら、どうも修復してない、そのままの作品だというので、かなり傷んでいるような感じもありましたが、何か不思議なこれも『凍雲篩雪図』とはまた別の意味で川端康成の魔界の文学を象徴する作品ではないだろうかなどと思いました。

　川端康成という小説家は近代日本文学のなかでもきわめて特異な、いや世界の文学においても希有な貴重な存在です。今も、有り続けています。そして、その文学作品は、鎌倉という土地と切りはなすことはできないのです。川端文学から「鎌倉」を読むとき、もうひとつの異界としての「鎌倉」が浮かびあがってくるのです。

第3章　現代文学と「鎌倉」の魅力

問わず語り（2）

稲村ケ崎（材木座海岸から）Ⓝ

芥川賞受賞の作家たち

2012年の4月、鎌倉文学館の春の特別展で、『カマクラから創る』という展示をやりました。この企画はちょっとユニークなものでした。鎌倉にゆかりの鎌倉在住4人の現役の文学者を取り上げるという展示です。現代文学と鎌倉という場所の関係を探るという意図もありました。

作家の藤沢周さん、詩人の城戸朱理さん、作家の柳美里さん、作家の大道珠貴さんの4人です。藤沢周、柳美里、大道珠貴は、いずれも芥川賞を受賞している作家です。藤沢周は、1998年に『ブエノスアイレス午前零時』で、柳美里は、1997年に『家族シネマ』で、大道珠貴は、2003年『しょっぱいドライブ』で芥川賞を受賞しています。

城戸朱理は、現代詩の最前線で一貫して書いてこられた詩人です。実は、20代の後半に城戸さんと東京で会っています。当時、若手の小説家で、島田雅彦、小林恭二、山田詠美。それから、デビューはちょっと早いけれども、18歳で群像新人賞でデビューした中沢けいといった作家たち。それに、私や城戸さんが加わって、若手の文学の会をやっていました。世話役をやっていたのが、思潮社から出ていた『現代詩手帖』という、詩の雑誌の編集長の樋口良澄さんです。彼が音頭をとって集まって文学やいろいろなことを語り合い、まあお酒の席が中心なんですけれども、面白い会をやってました。城戸さんとまた、鎌倉で再会することができたということになります。城戸作品では『漂流物』という、散文と詩が混ざり合った、大変ユニークなかつ美しい詩集、散文詩をご紹介したいと思います。これは第30回の現代詩花椿賞を受賞しています。２０１２年の6月に出た本です。

藤沢周『キルリアン』(『あの蝶は、蝶に似ている』)

藤沢周は１９５９年に新潟に生まれています。93年に『ゾーンを左に曲がれ』でデビューしています。その後、芥川賞を受賞して書き続けてる作家です。初期の藤沢周は、東京を舞台にして、例えば新宿の雑然とした、混沌とした空間を舞台にした作品なども書いていました。それがある時、突然この鎌倉に移り住んだ。きっかけは彼が北鎌倉の円覚寺を訪れて本堂裏で寝っ転がっていたら、声が聞こえてきた。で、お前はここに住みなさいという。翌日横浜から引っ越しを決めたと。藤沢さん自身が言ってるのは、あの声はですね、円覚寺などの寺や本尊の宝冠釈迦如来のものではなかったかと。つまり、お釈迦さんの声に導かれるようにして鎌倉に移り住んだ。以後、鎌倉を舞台にした作品も書いています。円覚寺、浄智寺、妙本寺、寿福寺、などが鎌倉の好きな場所であると言ってます。

鎌倉に移り住んでから藤沢作品にもある変化が起きました。鎌倉というところに移り住み、円覚寺などの寺や竹林の響きの中に立って、そこから受けるさまざまなイメージの広がりを描き出す。鎌倉が彼の文学の故郷として定められたと言ってもいいかもしれません。この『キルリアン』というちょっと変わった名前の小説なんですけれども、これを雑誌で読んで強い衝撃を受けました。

まずこの「キルリアン」という言葉は何かというと、これは生体や幽体のオーラを写す写真の技術ですね。その発明者の名前から、「キルリアン写真」と呼ばれるのが出たそうです。そこから取られてるんですね。だからこれは、恐らく目に見えないもの。ある種のオーラ、あるいはその影を写す。この場合はもちろん写真ではなく小説なので、言語ですけれども、言語で写すという、そういう非常に斬新な試みがなされています。

作品は寒河江という名の男の主人公が、鎌倉円覚寺の山門の下にたたずみ、けぶる霧雨を通して、襲い掛かるような新緑を眺めている。このようなところから始まります。「風の中の、蝶の重力かと思った」というのが1行目です。ここに、その立ちすくんでる男。寒河江は、はっきりした意識で立っているのではなくて、何かこう、酒に酔ったような。泥酔状態でその場所で女と交わった記憶の、あやしい断片をつなごうとする。そういう怪奇性と官能性が交錯する気配の中で、風の中の蝶の重力という物故した歌人の残したフレーズ、重い心というのが浮かんでくるんですね。

緩い風か、それとも乱れた風か分からない。一匹の蝶がその風に翻弄されつつも、絶命的なバランスで宙を泳いでいく。煽られ、揺らめき、また、立て直し、宙に浮いては、はためく。一体何の目的があって、羽を懸命に広げた蝶が、風の中を向かっているのか。それを考えるだけで、腹の中がねじれるような不穏な気分になるじゃないか。眠たげだけれども、脳の力を持った命が、空気の断層とも亀裂ともいえる境界に沿うように、また、わたりゆく

円覚寺山門Ⓝ

この夢ともうつつともつかないさまよい、夕暮れの古い円覚寺の古刹の境内に、また大きなツチグモが住まう鎌倉のあばら家に、あるいは近くのなじみのバーの薄暗い空間。そして、東京の雑然としたホテル街。さらには、故郷の新潟の川と雪景色という場面が次々に出てきて、果てしもなく続いていきます。中年男のあてどもない姿。住んでいるあばら家の脇にある井戸に飛び込んで自殺した男女の霊。鎌倉の切り通しの道に堆積した落ち葉が漂わす正気。そして、小刀の刃のような、とがった、おびただしい竹の葉の影。それらが、主人公を幾重にも取り巻いているというのが、この作品の設定になっています。あばら家で女と密会するシーンがあり、しかし女と肉体の実在感がない。まさに、亡霊のようであると。その女を抱く自分の存在も風のそよぎの中に、降りしきる雨の匂いと林の騒めきに同化して消えかけてしまうような。

藤沢周は、若い頃から、仏教に関心を持って、禅寺へ修行に1年ほど入ったりしたこともあるという。実は藤沢さんとも私は昔、同じ同人誌にちょっと関わっていたこともあるんですが、当時から力のある、筆力のある作家で、予想通りプロの作家として出てきたわけですけども、既存の小説の枠組みとか、言葉を揺さぶるような、そういう表現を試みてきた人です。同時に、今言いましたように、禅の宗教性を作品の奥に秘めている。法政大学時代に、卒業論文で研究したのが、北村透谷。明治の詩人、評論家ですね。それから、近代の哲学者である西田幾多郎。この2人とも鎌倉に縁があるんですね。西田幾多郎の墓は、東慶寺にあります。同じ金沢の出身で、鎌倉とも縁が深い鈴木大拙は仏教の専門家であるし、『日本的霊性』という画期的なスピリチュアリティ論を著わした。つまり、鎌倉時代の新仏教の中に、日本人の深い宗教性が出てるといった哲学者、仏教学者、宗教学者ですけども、この西田と鈴木大拙はお互いに影響を与え合っています。西田幾多郎は西洋の哲学を学び、その文脈の中で、日本の禅的なるものを追求しています。

藤沢周は文学として、こういったテーマを試みている。本来言葉では語ることができないもの、つまり、語りえないものを語るっていう、ちょっと矛盾なんですけれども、そういったものを語ろうとするためにストーリーを作り、物語を構築し、主人公を生み出し、ドラマを生んでくる。後ほど、城戸朱理の作品に触れたときにも同じテーマが出てきますけれども、藤沢周という作家は、この語りえないものを語る。それを凶暴にして、優しく繊細な作品の言葉で作り出す。この作家の果てしなき欲望をはらんだ言葉は、故郷の新潟の海や、東京のカオス、混沌、新宿に流れ込み、そしてそれが、時を経て鎌倉という時空間に還流、流れ込んでくるという、先ほど言った円覚寺の竹林の響き、というものに流れ込んでくるところがあります。

もう一つは、仏教の悟りです。座禅というものから導きだされる考え方です。通常ですと、こちらに私がいて、向こうに世界がある。主体があり、他者がある。主観と客観、主体と客体があるわけですね。これは世界の基本的なあり方。特に西洋の近代哲学とかは、この主客を重要視しました。有名なドイツの哲学者、イマヌエル・カントとかですね。またフランスでデカルトが、人間の主体と客体の問題が出てくる。さかのぼれば、ギリシャの哲学とかに流れ込んでいくと思いますけれども、いずれにしても西洋の考え方、世界の捉え方というのは、主体と客体っていうものを分けて世界を捉える。従って科学が西洋において発達したのは世界あるいは、ものを客体物として捉える視座、そこで分析とか、分類とか、科学が発達したわけです。意識と無意識とか、精神と肉体とかっていう、そういう区別、人間論にもつながります。仏教あるいは禅の考え方では、主体と客体っていうものは本来、分かれてない。人間が意識を持ち、精神を持ち、物を物として規定し、肉体を精神の対立物として捉えたときに、それ以前の、それをこえた主客未分化の領域がある。

宗教的な捉え方です。座禅を組むというのは、何かいい気持ちになるというのではなくて、そういう主客未分化の状態を、自分の中に招き寄せる。ですから、ここで座禅を組んでいる自分と外に流れている川が、別のものではなくて、ここにある自分と外に流れている川、かすかな音を微妙に聞いてるんですけども、その音と自分が一体になる。身心脱落の状態というのでしょうか。実は西田幾多郎の『善の研究』主体と客体は合一になると、あるいは、そういうものを直覚するということなんですね。これを西田は、西洋の文脈、つまり論理的な言語によって説明しようとする。ですから、純粋経験、あるいは純粋意識という言葉を使って、仏教の東洋的な思索と感覚に実は近いものがあるとする。藤沢周は、若い頃からそういった西田哲学に関心を持っていた。ですから、彼の作品はいろいろな見方をされていますけれど、その根本にあるのは、こうした主客合一的なもの、そういう意味での仏教的宗教性を非常に深くはらんでいると思います。

さまざまな作品で寓意的に、そういう事柄を表していますが、この『キルリアン』は、ポエティカルなイメージが光のように放たれ、散文の中に包まれて、ぎりぎりまでその言葉が高められたものとして、描かれています。詩と散文っていうのは本来、もちろん違うものなんですよね。フランスの詩人で哲学者に、ポール・ヴァレリーという人がいるんで

円覚寺竹林Ⓝ

すが、この人は、「詩は、踊りであって、散文は、歩行だ」と言っているんです。なんとなく雰囲気は伝わると思うのですが、詩と散文の区別をもうちょっと言うと、詩というのは、論理的、合理的に説明するのではなくて、飛躍や、直感的なひらめきがある。散文の場合は、歩行、歩くように一歩一歩、言葉を固めてって、それを積み上げていって、精緻に論理的に語ろうとする。ですから、詩は言葉の響きと音韻。イメージの喚起力。それによって音楽に近づく。散文は、描写力と構成力によって、絵画に近づくというふうにも言えますね。だから、詩は音楽的で、散文は絵画的と。詩と散文の違いをこのように指摘することはできると思います。しかし、その散文を基本とする小説も、時に、詩の領域に限りなく接近する。そこで語りえぬものを、語ろうとすることがあります。『キルリアン』はそのような作品です。それから、もう少し前の、日本の現代作家でいうと、例えば、三島由紀夫あるいは、川端康成の小説。大江健三郎の初期の小説などは、散文の繊細な、叙情的なリズムによって、新しい日本語文の散文を形成したと思います。そういう現代小説の、いろいろな試みを受容しながら、『キルリアン』という作品も書かれていると思います。いろいろな場面があるので、どこを

取ろうかなと思うんですけども、例えばこういう場面があります。これは、さっき出てきた竹林なんですけども、

夕刻に障子戸を開けて見た時の、竹林は何だったのだろう。見慣れた風景であるのに、竹の一本一本が生まれたてのように峻厳に屹立し、突き刺さってきた。眼とも体ともいえない自分の全体に、竹林のすべてが飛び込んできて、声を失わせたのだ。それほど鋭利で凍ったように竹や葉群や落葉が、一瞬のうちに斬り込んできたというのに、透過するような柔らかさで受け止められてもいた。竹の中に俺が隠れたのか、俺の中に竹が隠れたのか、分からないが、風景との浸透圧がイコールになったとでもいえばいいのか、俺はそこで不恰好にも尻餅をついて、化粧坂でぶつけた腰の痛みに悲鳴を上げて、またいつもの竹林の風景を改めて見たのだ。

っていう一節なんですね。これはまさに、障子戸を開けて、夕暮れに竹林を見ると、見慣れた風景、その瞬間に竹のとがった一本一本の葉っぱや、そういうものが、自分のうちに切り込んでくるように、透過する。そういう柔らかさで受け止められてもいる。自分がこ

こにいるんだけども、実は自分は、見ている客体の竹の中に、自分が隠れているんじゃないか。あるいは自分の中に、自分が見ている、竹が入りこんでいるんじゃないかという、この風景との浸透圧がある。これは作品の構図を浮かび上がらせている文だと思います。読者は、この濃密な作品の言葉をくぐり抜けていく。こちら側に自己、自分という主人公の主体があって、あちら側にみられている客体、対象があるという近代的な人間の図式。世界の構造から解き放たれて、物、事物そのもの、竹林の一本一本、風、雨、湿気ですね。そういう自然そのものと同化して、浸透していくような感覚に襲われるんです。こういうものを『キルリアン』は果敢に描いた作品なんですね。ですから、寒河江っていう主人公がいて、女が出てきて、ストーリーがあるけれども、大切なのはストーリーではなくて、「描かれている一つ一つの描写の中に浮かび上がってくるイメージである」と、言えると思います。

ふと顔を上げると、橡《とち》や小楢や以呂波紅葉などの落ち葉が堆積し、岸壁から滲出してきた湧水に朽ちて墨のような汚泥になって化粧坂を覆っていた。削り抜かれて露わになった岩壁の地層は風雨に晒されて、千畳敷の波食のような荒削りの縞を見せたり、髑髏が犇き合って阿鼻叫喚の表情の群のような凹凸を見せたりしている。その一つ一つの起伏にも季節にもかかわらず落ち葉がふすぼれた感じで積もって、所々細い木の根や藤蔓が乾涸びた血管のように垂れ下がっているのだ。

小さな呻きにも似た声を上げて立ち上がり、チノパンツにへばりついた泥に口を歪める。あの黒揚羽は何処へいったのかと視線を宙に彷徨わせたが、すでに何処にも見当たらない。榛の木の光沢のある枝や根笹の葉の披鋮《はばり》を思わせる葉群が揺れ、緑の雪崩を起こしている以呂波紅葉が気味の悪いほど過剰に重なり合っていた。

鎌倉の化粧坂のシーンなんですね。その坂のところにある堆積している落ち葉、あるいは岩。風雨にさらされた地層。岸壁の地層から道の起伏ですね。干からびた血管のように垂れ下がっている、細い木の根や蔓っていう、そういう自然を描きながら中に入っていく自分というか、そういう姿が描きだされています。こういうものが、モザイクのように重ね合わされながら描かれています。

こういう小説は、そんなにこれまで書かれなかったし、小説っていうのはエンターテインメントから時代小説から、こういった作品まで色々とありますね。日本の詩の場合は一

円覚寺竹林Ⓝ

つは、定型があります。和歌、短歌。それから、人気のある俳句。五七五七七と五七五という、定型詩の伝統の中に、日本の詩があるわけですね。近代になってから、新たな口語自由詩として、鎌倉文学館でも前に展示した萩原朔太郎らがそれを確立した。萩原朔太郎などが新しい詩を作っていった。それと交差するようにして、近代小説が生まれてくる。ですから、詩の叙情性を、うまく取り入れながら、日本語として散文が形成されてきました。最初冒頭に出た、風の中の蝶々ですね。蝶々の重心っていうのは、浜田到という、歌人なんですけれども、その人の『架橋』という１９６９年に書かれた歌集から取られているんです。最初のイメージは小説のイメージはなにかの物語ではなくて、そういう日本の定型から取られているというとこなんですね。『キルリアン』は、定型である短歌の言葉をいったん、宙づりにして、ある意味そこから短歌の持っている、詩の持っている叙情性を剝ぎ落しちゃうと。そこに名付けえぬもの、名指しえぬものの、ざらりとした感触を奮い立たせるっていう、そういうことです。抽象的な言い方ですけど、そのときに言葉は何かを指す記号ではなくて、言葉がその瞬間に、ものになる。ものが、言葉となる。言霊の響きになる。この小説では、何カ所かそういう場面も出てきてますが、最後のほうですけれども、こんなシーンがあります。

化粧坂Ⓝ

　時々風に揺れる竹林の音が、あばら家のものよりも優しく聞こえる。またコノハズクの深く柔らかな声。眼を閉じると、柏槙や杉林の葉のざわめきも届いて、遠く何処かの飼い犬の鳴き声も聞こえてきた。

　ただ闇を呼吸するだけで、何も考えずに時間が過ぎるのを待ち続けた。俺はさらに耳を澄ませて、闇の中から雨の音を探そうとしている自分にようやく気づく。

「……雨……」

聞こえない。

「……女」

と、俺は敢えて続けていってみる。

化粧坂Ⓝ

「無……」

切通の暗闇の只中で呟いた言葉が揺れ上ってきて、尻尾の残像を様々に交差させながら蠢き、泳ぎ始める。黒い水の中で黒いものが細胞分裂をしている気配のようなものを感じるのに、まったく見えない。ただ、動いている。生まれている。これが、捕まる、ということなのか。

「言葉」

「闇」……。

また現れるのだろう。プラナリアのように体をくねらせた白い女の裸体……。形を変えながら、言葉という結晶の断面のような四角四面の奴に切断されていく、のだろう。頭についた乳房、膕についた尻を震わせて、横っ腹に開いた口の奈落で闇を貪り食っていくはずだ。

ほとんど詩ですよね。こういう作品を生み出したのは、もちろん、藤沢周のこれまでの作品群のさらなる展開なのだと思うんですけれども、同時に、鎌倉に彼が吸い寄せられるように、移り住んで、円覚寺で阿弥陀様か神様か分からないけれども、声を聞き、ここに住みなさいと、そういう形で鎌倉というところに吸い寄せられてきた。ここが面白いところかなと、思います。「鎌倉と創作」という、エッセーの中にこういうふうに書いています。

文禅一如。世界が「世界」となる一歩手前を、いつも書きたいと思っています。言葉で分節化される前の実相をつかみたいと。禅の生まれた地・鎌倉は、たえず言葉で塗られた自分の曇りを払ってくれるように思います。

だから、鎌倉に来たっていうのは、鎌倉文士の伝統ある町とか、自然がいいとか、そういうこともちろんあると思う。しかし、そんなことよりも、この作家の中で「鎌倉」っていうものが、自分の言葉の世界を大きく変える、まさにトポスとして表れたと。ですから、鎌倉に移り住み、そこで時間を過ごさなければ、書けなかっただろうと思います。そういう意味では、この『キルリアン』は、鎌倉によって一人の才能ある作家が書かされた。鎌倉を書いた小説ではなくて、鎌倉によって書かされた作品というふうに、あえて言ってもいいのかもしれない。

そういう小説として考えると、この『キルリアン』という創作の中に、鎌倉という土地、鎌倉という歴史、その文化、伝統が、逆に浮かび上がってくる。われわれが普通、観光案内とかガイドブックとか、あるいは実際にバスに乗ったり、江ノ電に乗ったり、寺を訪れたりして見聞している、われわれの身体感覚とは違う、もう一つのまかふしぎな、まさに言語空間の幻がある。幽体、オーラとしての「鎌倉」が、作品の中に映しだされている。そういうものが書かれたというのは、素晴らしいと思います。

川端康成が、戦争中、鎌倉で灯火管制の暗い夜を歩きながら、鎌倉の夜空、山の闇とか、霧の騒めきを聞いた。そこから、『山の音』とか『千羽鶴』が生まれてくるんですけれども、そういう意味でも、この『キルリアン』は、もう一つの鎌倉を映してくれる。

＊新潮社から単行本『キルリアン』発行後、河出書房新社より２０１７年１月『あの蝶は、蝶に似ている』（河出文庫）として発行。

近代化の「次」にくる作家、大道珠貴『きれいごと』

鎌倉文学館の『カマクラから創る』特別展で取りあげた、もう一人の現代作家は鎌倉在住の大道珠貴さんです。1966年、福岡県の生まれ。2000年に九州芸術祭文学賞というのを受賞してデビューしています。芥川賞の候補に4回なったんですね。そして、『しょっぱいドライブ』という、ちょっと面白いタイトルの作品ですが、これで芥川賞を受賞しました。

これは、ある港町に暮らす34歳のミホという女性が、九十九さんと名乗る60歳を少し超えた男性と同棲するまでの奇妙な顛末を描いた作品です。実はこの九十九さんという男は、彼女の父親と同じ位の年齢。しかし、ちょっと老いぼれた感じに見える。はつらつとしたところのない、そういう男なんですね。こういう老いぼれた感じの男と、34歳の女との奇妙な同棲に至る道行を描いた作品です。この小説を読んでいくと、ある種の脱力感。力が抜けていくような、そういうものが描かれてるんですね。結局、男女の恋愛関係というよりは、1人の男と1人の女の感情の行き違いが生み出す、ちょっと幻の幸福みたいな、そんなようなものとして描かれています。

芥川賞の選考委員会で賛否両論を呼びました。作品から漂い出す、湿ったユーモアが評価される一方で、「あまりにも工夫のない稚拙すぎる題」「意外なほど頑固で狷介で柔軟性に欠ける」それから村上龍「私の元気を奪った。小説として単につまらないからだ。文章は洗練されているが、その洗練は、現実への安易な屈服。あきらめと、終焉した近代化への媚と依存に支えられたもので、それが私の力を奪ったのである」と。それから石原慎太郎が「はたしてこの作品にユーモアがあるだろうか。強いて言えばアンニュイというところなのかも知れないが、私は何の共感も感じない」。

10年以上たって、ちょっとあらためて思うのは、実は、こういうマイナスの評価というのが、この2003年から10年の中で、21世紀に入ってから極めて、そのマイナスのイメージが、時代の流れの中で、プラスのイメージにひっくり返った、転化したんじゃないかという気がするんですね。村上龍が言ってる「終焉した近代化への媚と依存に支えられたもので、それが私の力を奪った」というのとは、むしろ逆で、もう近代が終わったんだってという、むしろ近代というものの表現を徹底的に相対化してる。あるいは無力化している。

真の意味でのポストモダンですね。近代というのは何かと、一言で言えば、社会や人間が進歩する、進化論です。生物の進化論は、ダーウィンの「種の起源」。それから、生物学だけではなくて、社会も進化するっていう考え方が近代の中心のイデオロギーです。社会進化論という考え方なんですね。ハーバート・スペンサーという哲学者が言った、この「社会進化論」のほうが、近代の日本でも主要な考え方になりました。つまり、遅れていた未開な社会が、だんだんと、文明の社会になっていく。人間も、そのことによって、遅れた生活スタイルから、新しい生活スタイルに移り、豊かな生活に変わっていくことで文明が進化する。近代というのは、そういう時代が信じられたし、実際にそういう時代を、社会や国が体現してきたんですね。ところが、21世紀に入ってから、そういうものへの大きな疑いが出てきました。何しろ二つの世界大戦があった。文明社会になって、科学と技術の発達により、ITなどの発達によってすごい文明社会ができた。合わせてそれは、核兵器に至るまでの、殺りく兵器の進化でもあるわけですよね。それが、21世紀に入って、2001年の9月11日、アメリカの同時多発テロ。つまり、文明の中心であるニューヨークのワールドトレードセンターという経済の摩天楼が、バベルの塔のようにイスラム過激派の飛行機が突入することで崩壊した。あれはものすごい衝撃を与えたんです。テロの恐怖とか、戦争の予感だけではなくて、文明は弱いものであるし、また、われわれは、その摩天楼のような、この文明社会を築いてきて、一体どこに行くんだろうかという疑問が出てきた。

21世紀になって、日本の小説も、現代作家たちは、そういう時代の決定的な転換、変化、近代の終焉、ポストモダン時代の到来というのを実感したのだと思うんですよ。大道さんのこの作品は、ささやかな、男女の、ちょっと奇妙なドライブ。「しょっぱい」という言葉に象徴される、どこか空気が抜けたような、村上龍の言う、元気を奪っていくような、空気がすーって漏れていくような、アンニュイで退屈ともいえる、そういうものを、作品の言葉は表象している。となると、実は、この大道珠貴という女性作家の出現、彼女のこの作品の言葉の出現に当惑し、批判せざるをえなかった石原慎太郎とか村上龍というのが、こういう作家たちこそ、逆に言うと、近代への依存に支えられてきた最後の作家たち、とも言えるんじゃないか。

たとえば、石原慎太郎の『太陽の季節』。あれはまさに、日本の敗戦から高度成長に移る時代の転換点ですよね。湘南を舞台にした、若者たちの「元気さ」を描いた作品。村上龍は、『限りなく透明に近いブルー』であれはベース、アメリカ軍の基地を舞台にした、黒人兵たちと日本の女の子とのドラッグやセックスを描いた作品ですけれども、あれもやっぱり、その基地ですね。近代的な世界の中の矛盾や葛藤や情熱と屈折を描いたものですね。そうなるとやっぱり、石原さんや村上さんの世界というのは、近代を疑いつつも、その近代の世界に入っている。そういうものから、完全に一線を画したのが、つまり、逆に言うと、現代文学の表現の徹底的な転換を期せずして表したのが、大道珠貴の不思議な脱力感と柔らかな文章、自在な言葉。日本語が内包するフレキシビリティというんですかね。柔軟性を最大限に放射した作品じゃないかなと評価できるんですね。彼女の作品が論じられないのは残念だと思うので、あえて少し長い前置きをしたんですけれども、大道さんも鎌倉に住んで、その後、長編を何編か発表して、そして『きれいごと』という作品を発表します。2011年の12月に文藝春秋から出ました。

この『きれいごと』という作品は、今、ちょっと説明したような作家の独特な言葉がさらに洗練度を増して展開される。簡単に内容を言うと、一人称の私の語りです。主人公は44歳の独身女性で、名前は、平尾美々。小説を書いて、逗子に一軒家をもらって、その古く大きな家を自分の力で、あっちこっち修繕したりして、そんな悪戦苦闘の日々を描いています。私は生まれ故郷の福岡から関東に出てきて、小説を書きながらあちこちを転々とする。アパートで暮らしたりして、独身生活を送ってきたんですけども、実はバイセクシャルというか、男性とも女性とも関係を持ったりする。官能性、魅惑がある。タチバナさんという女性とも、しばらくの間、恋人のように付き合っていたり、漫画に出てくる、こまわり君のような妻子持ちの男とも関係があったりする。嫉妬や情熱の裏に、常に空虚と無力感をたたえている。

そんな、ちょっと不思議なキャラの女性なんですね。ただ作品は、そういう私の過去と現在が断片のように交じり合って、生活上の身の上話のような様子を見せますが、それを表現する言葉が、途切れることなく、流れるように展開されています。一人暮らし故に、ほとんど誰とも会話することがなくて、独白を繰り返す。一方で台所のふきんや酒の入ったグラスの水滴や、机の上に常に見える角度に置いてある小さな鏡や、ベランダにやってきては交尾を始めるカラスなど、さまざまな日常の物や現象が、周密に描き留められています。

この間わたしは一貫して無言だが、不意に言葉をしゃべるときがある。それが自分の声だと一瞬気づかない。だれかに話しかけた気がするだけ。「小説を書く」という言葉だらけの世界にいながらおのれの声を出さない・聴かない・聴く気がないと、そうやってひとりでに自然と声のほうから飛び出てくる。声が自分を呼び、呼ばれた自分は自分であり自分でなく、もうひとりの自分というものではない。ぽろりと剝がれ落ちた自分というところか。やがてそんなことを意識している自分を忘れ、またいつのまにかしゃべらない自分へと戻っているのだけれども。

面白いですよね。近代小説の主人公というのは、自分と他者、社会、世界との関わりを描いてます。ところが、ここで物語られているのは、小説を書くことが実は、そういう現実の地平から解き放たれた領域に入ってく。だから私は、自分であるけれども、それは向き合う自分ではなくて、まさにポロリと離れた自分、とでもいうような不思議な、実体のない、空虚とも言える。しかし、しっかりと何かそこにある、そういう自分。いくつもの自分、いくつもの「私」と言ってもいいかもしれません。これは先ほどの藤沢周の『キルリアン』もそうだったんですが、自分と他者、自分と世界、自分と何かを物語っていった、そういう対立ではなくて、自分がいくつにも分裂していったり、剝がれ落ちたりする。そういう世界なんですね。

明治以降の近代小説には、私小説というのがあります。これは、主人公の私と、作中の私と、作者の私が、虚構的につながる。太宰治もある意味、私小説。志賀直哉とかもそう言われてますけれども。こういう私小説という、日本の古いともいわれる小説の伝統が、このポストモダンの、時代の新しいスタイルで、新たな文体を生み出している。それが、この作品の「私」の、ある種の語りの中に入ってる。近代というのは、大きな進歩する物語。でもそれが、時代的意味を失った。じゃあ、そこで崩壊してしまった、いろいろな価値観をがらがらに瓦解してしまった世界とか自分。それを小説の言葉が、ぬえのような粘りと強さと柔らかさの中で、表現しようとしている。そんな作品を大道珠貴は書いているというのは面白いですね。これもやはり、この鎌倉というところの背景が当然ありますし、鎌倉の町や山を散策しながら、そういう感覚を紡ぎ出してくる。養ってきたってことが言えるんじゃないかと思うんですね。彼女の、エッセーです。

快晴の朝、山を降りて、鎌倉の街をてくてく歩いてみれば、いたるところに新鮮な野菜が出まわっています。春キャベツ一個いくら、新じゃが一山いくら、安いか高いか。それが、パッとわかる庶民って健全だわあと、自分が嬉しくなります。知ったひとにばったり会えば、別れ際の「さようなら」に、とびきりの気持ちをこめます。いつだってこれが最期かもしれないというつもりだから、そのひとの記憶になるべく暗い影として遺らないように。幸いにもまた次にどこかでそのひとと会えたなら、ありがたいやら、ちょっぴり気恥ずかしいやら。

こういうのが彼女の中で構成されて、小説の世界も作ってるという気がしますね。大道珠貴は、特に影響を受けた作家に川端康成の名前をあげてます。特に『山の音』、『たんぽぽ』、『みづうみ』という作品をあげています。これが本当に美しいのだろうなという感想を書いてます。川端については、すでに第2章でも述べましたけれども、若い頃のモダニズムですね。新感覚派の時代から『雪国』を経て、日本人の美と自然の世界に回帰したといわれているけれども、晩年の作品を見ると、明らかにその文章、スタイルは最後まで、モダニズムとの格闘を繰り広げていた。『たんぽぽ』という非常に素晴らしい、また、奇怪ともいえる作品ですが、川端が言った「仏界入りやすし、魔界入り難し」。その作品の底から響いてくる、これは、ある意味、近代的なもの、近代と呼ばれた世界を突き崩そうとするような、だから、モダンとポストモダンのせめぎ合いの中に、川端が書き続けた日本語の尾根道があった。大道珠貴の『きれいごと』の作品世界から響いてくるのもこの感触であり、川端文学に引き付けて言えば、日本語の間に入ろうとする力だと。だから、この小説は、現代における時代のきれい、美しさ。きれいという姿を映しだしているんですけれども、同時に、きれいという言葉の裏側には、ある種の空虚とかデーモンがあるという、逆説的な意味かもしれません。鎌倉文士は決して、時代の文学史の中の存在ではなくて、今ここにいる作家ですね。大道珠貴の、この『きれいごと』にも、連綿と流れ込んでいる。

城戸朱理　散文詩『漂流物』の魅力

詩人の城戸朱理さんです。城戸さんとは20代から存じ上げていたのですが、鎌倉であらためて再会して、文学館の展示『カマクラから創る』の一人に入っていただきました。

20歳のときに、『ユリイカ』という詩の雑誌の新鋭詩人に選ばれて詩壇に登場しています。城戸さんの作品としては、『召喚』、『非鉄』、『不来方抄』、『千の名前』、『地球創世説』と、

80年代半ばから次々に実験的な詩集を刊行しています。

われわれの世代の前には、戦後文学という大きな潮流がありました。私も何人か書いたんですが、大岡昇平、武田泰淳、三島由紀夫、埴谷雄高、椎名麟三、梅崎春生という作家たちがいます。詩のほうでは、「荒地」派という人たちがいまして、鎌倉ゆかりの田村隆一、あるいは鮎川信夫、黒田三郎。戦争体験を出発点にしています。「荒地」というのはエリオットという、イギリスの詩人の作品から取られてるんですけれども、いわば戦後詩ですね。この戦後詩の流れを断ち切るような形の新しい詩のスタイルを形成していったのが、城戸さんの世代。つまり、新たな世代として戦後詩を乗り越えていくというのが、城戸朱理のスタートであったと思います。

2010年に『世界－海』、『幻の母』と2冊の詩集を同時に刊行しています。これは、「一切は燃えている」という2500年前のブッダ、お釈迦様の言葉に呼び起こされた詩だということです。そして、彼は盛岡の出身ですが、故郷の北上川の源流を訪ねる旅、それが題材になっています。時空、時間と空間への旅です。時のかなたへと解き放つ。

さて、鎌倉に住んでから城戸朱理さんもなじんでいた由比ヶ浜など、また鎌倉の街並みを散歩したりしています。城戸さんは背が高くて、なかなかがっちりした体躯の持ち主でありますし、城戸さんが鎌倉をさっそうと歩いている姿を時々見たり、すれ違ったり、あるいは鎌倉の路地裏で一緒に酒を飲んだりというようなことをしています。

きょうご紹介するのは、『漂流物』という散文詩です。あらためて言いますと、２０１２年６月に刊行されて、その年の花椿賞を受賞しています。この詩集は大変素晴らしいものだと思います。漂流物ということなんで、流れ着いたもの。どこに流れ着いたかというと、まさに、鎌倉の海岸なんですね。散歩している由比ヶ浜ですね。鎌倉にいる人にとっては、夏は海水浴。それから、外からも大勢の観光客や海水浴客が訪れます。ですから、夏の期間は海の家も多く立ち並び、最近は昔ながらの海の家とはちょっと、風情が大分変わってきましたが、恒例の鎌倉花火大会も行われています。夏の期間は大変にぎわって、多くの人々が訪れる場所ですね。もちろん季節を過ぎますと、静かな海辺に戻ります。特に冬の時期などは、あまり人の姿もない。しかし、その変わらぬ海の姿を、春夏秋冬を繰り返し、城戸さんは鎌倉に住んでから由比ヶ浜を歩き、そこに打ち上げられている、いろいろな漂流物を眺め、写真に撮り、この散文詩の中に詠いこんでいます。

あとがきをちょっと、お読みしましょう。

御成通りⓃ

わたしが鎌倉の海岸を歩いては、打ち寄せられた漂流物を探して歩くようになってから、十年近くがたとうとしている。それは、切実でありながらも、内なる声にうながされるようにして始まったものだったから、わたしは、ただただ無心に砂浜を歩き回っては、漂着したものを前にたたずみ、言葉と物との関わりに思いを馳せるだけで終わっていた。だが、漂流物の写真を撮って書斎で眺めているうちに、また、別の欲求がわたしのなかに隆起してきたようなのだ。そう、ごく内発的に。

つまり、最初は鎌倉の海岸を散歩し、そこに打ち寄せられている漂流物を探していた。時に、面白い石とかあれば、それを持って帰る。あるいは、写真を撮って書斎で眺めていた。しかし、いつの頃か、波によって打ち寄せられた漂流物のかすかなささやきに、耳を澄ますようになったっていうんですね。漂流物というのは、この散文詩にも出てくるんですけれども、もともとは何かのものであったんですよね。だけども、遠いかなたから、半島から大陸から、長い海の旅。波の中を漂いながら、偶然に流れ着いたものは、既に、もとあったものの形を失ったり、あるいは、ものすごく変化したり、そもそも最初の形をとどめない、何か異形のものとして現れてくる。

漂流物。すでに何かであることを終え、その名を失ったもの。それでも、再び、誰かが彼らに名前を与えることはできる。そして、そのときまで、彼らは未生の状態でまどろんでいる。

このものには、もちろん、非生物もあれば、生物もあるわけです。生きていたものもあるわけですね。そういう鎌倉の海岸に漂着した、名もなき生命のかけら。それを拾い集めて、写真に封じ込めて、そのものに、既に名前を失っているものに、もう一度、言葉を付与する。ですから、未生の状態でまどろんでいる彼らに再び言葉を与えるっていうのが、この散文詩の大きな特徴です。こんな一節があります。

クチバシのある不思議な魚の骨を見つけて、未知の生物かと驚いたところ、それは幼生のイルカの骨格であった、とか。

では、私が見つけたものは何だったのだろう。まるで古代の武器のような形をして、表面に細かく規則正しい凹凸をもち、その窪みに光を溜めているような物体は。

海辺には、さまざまな生物と生物であったものが流れつく。それらは死体か、もしくは衰弱した個体であって、それ自体がこの世とあの世の狭間の境界を漂流しているような物象である。

それを手にして、もう生きてはいないと呟くのか。それとも、私と同じようなもの、と語りかけるのか。

言葉とはそれほどまでに自由であって、そのことが人の心と体を撓《たわ》ませていく。そこから生まれるもの、それもまた、「詩」であるのだろう。


何かの骨みたいなもの。よく分からない。古代の武器のようにも見える。そういうのが流れ着いてくる。さまざまな生物。あるいは生物であったもの、そういったものを描いてみようっていうのが、この詩の大きな力点です。

ですから言葉というのは、何かのものについている符丁、記号ではないんです。言葉によって世界が分節化される。世界が作られるとも言えるんです。すなわち言葉があるから物がある。昔、大学の大きな教室の講義で、言語学の丸山圭三郎先生がおっしゃったことを思い出します。丸山先生が「皆さん外を見てください」と言って、なんだろうと思って外を見たら、晴れている、青空がある。「青空がありますね。だけど、青空はないんです。青空って言葉があるんです」とおっしゃったんです。ソシュールというのは、近代言語学の重要なメルクマールを作った言語学者ですけれども、まさに丸山先生は、そのソシュール学を踏まえて、「言葉によって世界が成り立つんだ」ということを語られた。これはもう、目からうろこでした。当時、文学などに興味を持ち始めた自分も、言葉で世界が発見できるんだ、例えば、虹の色なんかも日本人は7色に見えたり、他の人種の人が何色に見えたりというのは、やっぱり色の言葉の数の多さとかあるんですね。その民族や地域によって、すごくいろいろな自然とか生活環境とかによって、生まれる言葉がある。あるいは、生まれない言葉がある。言葉が生まれれば物が生まれるということが起きます。この『漂流物』は、まさにその、何か分からなくなってしまった物。それに、もう一度、言葉を付与する。そのことによって、そのものがよみがえっている。言語の最も根源的かつ本質的な活動を、この鎌倉の海で拾ったもの、発見したもの、写真は撮ったものを、あらためて詩集の言葉の中に、よみがえらせてみた。世界が生まれたとき、生まれるときの、スリリングな、言葉によるものの誕生の神話が描かれていると思います。

鶴岡八幡宮から若宮大路を南へ。大路は晴れ渡り、問うことと問われることの外にあって、相模湾と風を通わせる。そして、風は。

ときに海へと人の背を押すのだった。

では、海岸まで歩いてみようか。それは自問の結果ではなく

自分で問うんですね。

風のしわざ。陽射しは強く、夏の光が肌のうえで跳ねる。

鎌倉の海岸は、滑川《なめりがわ》を境に、東が材木座、西が由比ヶ浜になる。海は遠浅で、かつては難破する船も多く、貞永元年（一二三二年）、材木座に和賀江島が築かれたが、それは干潮になると今でも姿を現す築港跡で、中世の港のかすかな面影を、今に伝えている。

宋船と和船が行き交う幻を見たのは、濃霧の日だったという。水夫の声まで聞こえたと語ったその人は、一年を経ずして亡くなり、その訃報を伝え聞いた私は、彼の「呼ばれているようだった」という言葉が脳裡に甦った。そう、呼ばれていたのだろう。

海はどれだけ多くのものを呑み込んできたのか。

深夜、さえざえとした月の光の下、昏《くら》く鎮《しず》まりかえって涯《はて》知れぬ水の塊量《マッス》そのもののようにわだかまる海を前にするならば、ふと、そのことを測り知ることができるように思えることもある――。

しかし、それは、人間が知りえるものではないだろう。私にできることといえば、ただ頭《こうべ》を垂れて、潮風に濡《ぬ》れていくことだけなのだろうか。

けれど今、海は、朝の光の中で決して、その内奥を覗かせることなく、光の意志を映すかのように、青銀《ブルーシルバー》に、そして白金《プラチナ》にと輝き、決して本心を明かそうとはしない。

そして、海はときおり、呑み込んだもののうちから、ごくごく僅かなものだけを陸地に返すのだが

鶴岡八幡宮、若宮大路をへて、自然の風とか太陽の光によって押されるようにして行っ

由比ヶ浜海岸（西側）Ⓝ

てみると、そこに材木座、由比ヶ浜、滑川があり、それから和賀江嶋があり、そして、かつて行き交った宋船とか和船の姿が幻のように見えてくるという。時の中に映ってくる、よみがえってくる鎌倉を映し出している見事な散文詩だと思います。今の鎌倉の由比ヶ浜、材木座を歩いているんですね。しかし、その歩いている海岸から、昔の時代を透視している。あるいは眺め合っている。昔の時代がイメージとしてよみがえってくる。それに言葉を与えるということをやっています。

今でも鎌倉の海岸には、よく陶片が打ち寄せられる。

江戸時代も終わりのころのもの、そして、明治から戦前にかけての、生活のための雑器のかけらが多いが、それらは、ときとして、まるで生活のかけらであるようにも見える

そして、ごく稀なこととはいえ、くすんだ常滑《とこなめ》や古瀬戸、あるいは、砂のなかに空の断片が混じっているのかと思えるような宋時代の青磁のかけらが見つかることもある。

由比ヶ浜海岸（東側）Ⓝ

まさに生活のかけらが置いてある。まれなことだけども、古瀬戸とかですね。あるいは、宋時代の青磁のかけらすら見つかることがあるということなんですね。これは本当に、じっと見つめる中で発見してくるものだと思うんですね。ものをよく見る。凝視するという。われわれは見ているようで、実は見てないことが多いんだけれども、絵描きなんかは非常に自然をよく見るし、人の姿もよく見る。そういうものの中から正確なフォルムを、形を描いていきます。詩人もまた、海岸を歩きながら、そこに落ちているかけら、ただのかけらだけど、よく見てみると、あるいはそれを凝視すると、そこに時間が、歴史が、時代が映し出されている。非常に不思議ですね。これは、鎌倉時代に、和賀江嶋に漂着した船の荷物が海に落ちた。難破した船が沖に沈んでいるっていう説もあったり、津波とか洪水で、家もろとも流されてしまった陶器の破片だっていう人もいるし、さまざまな諸説もある。まさに、この海岸で見たものが、そういう歴史や神話や、そういうものを呼び起こしていくという、豊かなイメージの広がりがあると思います。実は、この本は、2012年に書かれているということからもお分かりのように、２０１１年の3月11日、つまり東日本大震災という出来事を通過しています。

大震災と津波　喪失に言葉を捧げて

何かをなくした。

言葉まで失ってしまったのかと思った。

三月には、ただ名付けられない感情が心を乱し
四月になるとあきらめに似た影も落ちた
だが、言葉だけはまだ残っていた
何かが奪われることがあったとしても
言葉だけは、まだ残されていた

視界に海が存在するのが、怖かった。
ふと、沖合いが黒々と隆起しそうで。

波打ち際を歩くのが、絶壁のようだった。
そのまま、魂ごとさらわれてしまいそうで。

誰かの声が、いつも聞こえていた。
その声は、ときに雨となり、風となり、
生者の眠りを奪っていく。

ものすごく緊張感にあふれた詩が、ここに挿入されています。3月11日の大きな津波が、大勢の命を奪い、家を奪い、生活を奪い、物を奪った。そして、言葉まで奪ったというのが、われわれの体験だったと思うんですね。大震災と津波、そして、福島第一原発の事故。記憶に生々しいんですけれども、やはり文学の言葉が、ああいう大きな災害、災いと悲劇の後にどういう力を持ち得るのか、そもそも言葉であああいうものを語ることができるのか、追悼の言葉とは何か、祈りの言葉とは何かってことを考えざるを得なくなりました。先ほど、語り得ぬもの、語ることのできないものというのがあると言いましたけれども、人間のそういう悲劇とか、死とか、巨大な喪失というのは、やはり語り得ないものになります。ただそれは、大きな事柄だけではなくて、実は、われわれの日常の小さな瞬間、小さな場所にも無数にあるんじゃないか。つまり、われわれが語ろうとしても言葉を失ってしまうような事柄が、いろいろなところに埋め込まれているような気がします。鎌倉の海岸を歩いて、そこに落ちている小さな貝殻とか、陶器の破片とか、形を失った、しかし、何かしら、人形のような人型のものとかを詩人が見ながら、そこに、もう一度言葉を名付けてみるというのが何か、やはりここで共通する言葉の力というか、可能性っていうものが試されてるんだと思うんですね。ですから、この散文詩はそういう、3・11という出来事。巨大な喪失と、しかし、長い時間を見れば、無数に失われていった、もっと大きな命とか、物とか、言葉があって、そういう無声のものに、言葉を与えようとする試みだったと言えると思います。

何かをなくした。

言葉まで失ってしまったのかと思った。

という、フレーズの後に、次のような、大変驚くべきことが書かれています。実は、これは漂流物、向こうから流れ着くものではなくて、東北を襲った津波が、多くの物、人を巻き込んで、かなたに連れて行ってしまった。それを、どこに連れて行ったんだろうかっていうのを考えさせられる、そういった出来事への言葉の付与だと思うんですが、こういうふうにあります。

太平洋上を巨大な島が漂流している。
全長百十一キロ、面積二十万平方メートルものその島は、津波でさらわれた家屋の残骸、木材、プラスチックや車輌、船舶などの瓦礫の島で、なかには完全に形を留めたままの家屋もあるという。
この巨大な島は太平洋上を漂流し、二年以内にはハワイに、三年後にはアメリカ西海岸に漂着する。遺体はやがて海に消え。しかし、シアトルの海洋学者、エッベスマイヤー博士は言う、

「靴を履いた足などの遺体の一部は、漂流し続けるかもしれない」
大地が揺れるから、心が揺り動かされるのか、
心が揺れるから、大地が揺れるのかは、
もう分らなかった。
ただ、幾多の想いが降り積むように
荒魂《あらみたま》を鎮めようとしていることだけは分った。

明日は来ない。

明日になれば再び、今日で
今日がそうやってつづいていく。

失われたものを数えてはならない。

それは数えたとたんに、ひとつずつ、ひとりずつ、

本当に失われたものになっていくから

この流れゆく巨大ながれきの島。３・11で流れていったもの、ものすごい時間がかかりアメリカの西海岸に漂着していく。そういう世界がここにも描き留められています。城戸朱理のこの作品は、さまざまな生命と、それから言葉と物との漂流ですね。大変ユニークな、かつアクチュアルな詩集だというふうに思います。鎌倉を舞台にして描かれているということがとても斬新だなという感じがします。

第4章　鎌倉文士と大東亜戦争

問わず語り（3）

鎌倉文士

鎌倉文士と大東亜戦争、という話をしたいと思います。鎌倉文士が、戦争をどのように受け止めたのか、というところからお話ししたいと思います。

昭和に入りまして、多くの文学者が参りました。実際に住んだ方も多くいますし、あるいは鎌倉に滞在された方もいらっしゃいます。鎌倉文学館で、鎌倉文士と一応、定義できるという人は、ものすごい数に上ります。もう200では、きかない感じになります。前に、山内館長のときに、鎌倉文士100人展、というのをやりました。

ただ、なぜ集まったのかというのを考えますと、もちろん東京から横須賀線で1時間ぐらい、そして風光明媚で温暖な気候だっていうこともあるんです。

もう一つはですね、文士たちが昭和8年に『文學界』という雑誌を刊行しております。今、『文學界』は文藝春秋の雑誌ですが、実はこの『文學界』というのは同人雑誌でして、当時の評論家小林秀雄、林房雄、川端康成、深田久彌という作家たちです。

深田久彌さんは『日本百名山』というので有名ですね。この4人が中心になりまして、同人雑誌をやろうと。彼らはプロの作家や評論家として活躍していたわけです。にもかかわらず、雑誌をやろうというのは、どういうことかというと、だんだんと自由なその言論活動ができなくなった。つまり、昭和6年が満州事変、昭和12年が日支事変、日中戦争、そして16年から大東亜戦争が始まります。

プロレタリア文学が、これ林さんもそうでしたし、多くの作家がいましたが、プロレタリア文学が、治安維持法などによって弾圧されていく。『文學界』が刊行された昭和8年というのは、『蟹工船』の小林多喜二が殺された年です。

ほとんどの左翼、プロレタリア作家は転向しました。つまり、自分の考えを捨てるということで、転向しました。ですから、そういう非常に厳しい時代の中で、それぞれ、さまざまな考え方や主張を乗り越えて、自分たちで手づくりの自由な雑誌をやろう。それが『文學界』でした。

ですから、『文學界』をやるために、川端康成にぜひ、鎌倉に来てくれというふうに林さんたちが誘って、浄明寺の林さんが住んでおられた借家の横に、川端さんを呼んだ。ですから、『文學界』という雑誌を作るために、この鎌倉文士の核になる人たちが集ったんじゃないか、というふうに考えています。のちに、この雑誌にいろいろな人たちが出ます。日本浪漫派の保田與重郎とか、転向作家である中野重治とか、重要な人たちが雑誌に書きます。実際には、数年でつぶれてしまったんですが、そういった新興芸術派やプロレタリア作家が分け隔てなく並んだ、そういう雑誌です。

ですからこの雑誌をやるということが、のちの鎌倉文士と呼ばれている人たちを形成した、大きな理由だったんですね。それから、鎌倉ペンクラブとか、鎌倉のカーニバルですね。これをやったりしました。で、大勢の人がこのカーニバルを楽しんだりしました。

それからさらに、昭和20年の戦争中、最後の年ですね。5月に若宮大路に鎌倉文庫という貸本屋をやります。これは、文士たちも生活の糧がない、自由に本が書けないからです。それから、本もなかなか読めない。だから、彼らの持っている蔵書をそのお店に集めて、鎌倉の人たちに貸すと。で、鎌倉の人たちも、その本を読める。貴重な本が出ていました。

後で大佛さんの日記を読みますが、大佛さんが鎌倉文庫に出た、萩原朔太郎の『月に吠える』の初版本を自分で買っているんです。誰かが出したんだと思います。めざとく見付けて、自分で買っちゃっているっていうのがあります。

文士たちが持っている本を持ち寄って、それを市民が借りる。で、そのお金を文士たちがもらう。で、本は読めるという、そういうことをやりました。5月です。もう終戦間近のとき。

戦争が終わってから鎌倉アカデミア、この間、鎌倉商工会議所の地下で平田先生という、アカデミアの研究家の方とちょっとお話をいたしました。戦後の学びやとして光明寺にできました鎌倉アカデミア、こういう一連のものが、ずっとできていきます。

大東亜戦争と太平洋戦争

さて、きょうのワードである大東亜戦争です。通常、今日は太平洋戦争と呼ばれております。私も学校で習ったときには太平洋戦争というふうに記述されておりました。

しかし、あの戦争は、日本の正式な名称では大東亜戦争と言います。これは開戦直後の12月10日に大本営の政府連絡会議で、今回の対英米戦争をそう呼ぶことを決定してます。

これは大東亜共栄圏とか、大東亜新秩序の建設のための戦争という意味ではなくて、地理的な範囲です。南はビルマ、今のミャンマーから、北はバイカル湖以東の東アジアの大陸、ならびに東経180度以西、すなわち、マーシャル群島以西の西太平洋の海域を指す。そういう海域の全体を指して、大東亜戦争というふうに大本営が命名しております。これは瀬島龍三、当時の大本営参謀の『大東亜戦争の真実』という本に出てます。

ただ、大東亜戦争っていう言葉から、これは、やはり当時の日本の、その後の戦争のいわゆる大義名分として、19世紀以来の西洋列強からアジアに対する植民地支配の解放。これが東亜新秩序という形になります。アジア諸国の独立というニュアンスがどうしてもこの言葉には入ります。

従って、この言葉は戦後、連合国総司令部が昭和20年の12月15日以降になりますが、ＧＨＱが本格的な検閲ですね、日本の新聞、ラジオその他、本ですね。全ての検閲を12月以降始めます。この大東亜戦争という言葉も使ってはいけないと。その代わりに太平洋戦争、Pacific Warという戦争名に変えろというＧＨＱの指令がありました。以降、日本は太平洋戦争という言葉を多く使っております。

その本来の戦争の名義として、日本人が付けたのは、大東亜戦争であります。実は鎌倉文士の１人でもあります、文芸評論家の私の大先輩ですけれども、江藤淳さんが、この占領下にＧＨＱが行った非常に徹底した言論の検閲について研究されました。

もちろん、戦前、戦中も検閲がありました。ただ、戦後のGHQの検閲というのは、極めてその厳しいものがあったようです。もちろん、日本は負け、連合国が入ってきて、アメリカの占領下に入った訳ですから、ある意味、戦後統治としては、当然、検閲をした訳ですけれども、その検閲の研究のプロセスで、江藤淳がこのようなことを言っています。

「この戦後史の研究としては、この言葉が権力によって組み替えられることが、いかに深刻なことであるか。それを文学者の立場で、はっきりさせなければいけない」ということがありました。ちょっと江藤さんの『自由と禁忌』という本からの引用になります。

なぜなら、言葉の変質とは単なる言い換えにとどまりはしないからで、それは、変質させる側から言えば、おびただしい意識を奪い取ることであり、検閲される側に取ってみれば、際限もない脱力感を経験させられるからである。大東亜戦争が、太平洋戦争と言い換えられたとき、大東亜戦争のために傾注されてきた、あらゆるエネルギーは一挙に空無化される。そして、その後には果てしない徒労感のみが残る。一方、かつて太平洋戦争を戦ったことがない日本人が、太平洋戦争という記号に自己の経験を重ね合わせることは、極めて困難だと言わなければならない。

戦争の名前は非常に重要である。つまり戦った主体、敗れた責任、これが70年以上もあいまいになってきたのは、自分たちが戦った戦争の名前すら定義できていない現状があるからだと思います。

例えば、ナポレオンがロシアに侵入したときの戦争がありました。ソビエト、今のロシアですが、祖国防衛戦争、祖国戦争と呼んでおります。それから、第2次世界大戦で、ナチスドイツがソビエトを侵攻しました。その戦争を大祖国戦争というふうに呼んでおります。これは、ロシア人にとって、ナポレオンとの戦い、ヒトラーとの戦いが、どういう戦いであるのかを、その祖国戦争、および大祖国戦争という名前で言ってます。

そう考えますと、私はやはり大東亜戦争という言葉を使うべきだと考えておりまして、きょうは、大東亜戦争という言葉を使いました。

大佛次郎『敗戦日記』

大佛さんからお話を始めたいんですが、それぞれの終戦時の年齢を申し上げますと、大佛次郎が48歳、川端康成が46歳、小林秀雄が43歳、林房雄が42歳です。ですから、この世代は徴兵を受けておりません。例えば、大岡昇平さんですね、小林さんの弟子だった。大岡さんは36歳ぐらいで赤紙が来て、徴兵を受けて、フィリピン、レイテ戦に参加しております。ミンドロ島という所に派兵されております。ですから30代の後半ぐらいまでは、徴兵されたんでしょうか。もちろん学徒がございますので、若い人たちも徴兵されています。

大佛さんに関しては申し上げるまでもなく、この高徳院さん、大仏さんの裏に、大佛さんが住んでおられました。大佛という名前の由来です。次郎というのは大仏さんにちょっと遠慮して、一郎より、ちょっと引いて次郎ということで、(笑) 大佛さんは大佛次郎というふうになっています。生まれが明治30年です。帝国大学の法学部政治学科を出て、フランス語が若いときから非常に堪能でありました。

ロマン・ロランとかフランスの文学をいっぱい読んでいた。今、横浜に大佛次郎記念館がございます。この間、ちょっと私も立ち寄りましたが、そこにちょうど今、大佛さんのフランス語からの翻訳した本が飾られたりしておりますが、法学部を出られ、その後に鎌倉高等女学校の先生になって、国語と歴史を教えてた。それで鎌倉にお住まいになったりしていたということです。大正12年の震災のときには、この大仏さんの裏で、関東大震災に遭われています。

大佛茶廊黒塀Ⓝ

文名が高まったのは、ご存じのように『鞍馬天狗』ですね。大変ヒットしまして、人気作家となりました。そして多くの時代小説、それからフランスの歴史に材を取った『パリ燃ゆ』とか歴史小説を書いた。晩年には『天皇の世紀』という大変素晴らしい仕事があります。これを朝日新聞に連載し続けまして、癌で亡くなるまで『天皇の世紀』を書いた。

戦争中のことを申し上げますと、昭和16年、戦争が始まる年の6月に、開戦は12月の8日ですけれども、46歳のときに朝日新聞社より戦地慰問として、満州各地を回っています。そして昭和17年、戦争に入りましたけれども、大政翼賛会の支部として鎌倉文化連盟というのが結成されました。文学者は戦争に協力しろということで、文学報国会とか、大政翼賛会の文化部門に入りました。

で、久米正雄さんの依頼で文学部長に就任しております。その後、昭和18年5月に山本五十六連合艦隊司令長官の戦死が公表された折に、山本元帥の武運に寄すというラジオのメッセージ、放送をされています。同じく18年の10月に、同盟通信社の委託で、東南アジアの占領地域視察に飛び立ってます。当時は小林さんなんかも、そうなんですけれども、あちこちに行っているんですね。各地を視察してそのことを書くような形でやっております。

昭和19年、帰国され『乞食大将』という連載小説を書きながら、19年の9月から突如、『大佛次郎敗戦日記』にまとめられた日記を書き始めます。私がここにお持ちしたのは、単行本で出たもので、昭和19年の9月から終戦の20年の10月まで書いたものです。これは１９９５年、終戦50年の年に、草思社から出ました。

大佛さんは、なぜこの日記を昭和19年から突如、書き始めたのかということですが、この日記を整理し、まとめた福島行一先生は、大佛さんは、あの戦争について、やはり文学者としての視点から書き残す必要があると。それからもう一つは、この日記は、後ほどちょっと見ていただければ分かるんですが、非常に細かく当時の生活の状況が書いてあります。

お米が何円とか、配給のタバコが何本だとかという、時局的な生活の推移を具体的に記録します。鎌倉の文士たちの動向、さっきの鎌倉文庫の開店のことなども出てまいります。もう一つは当時、自分がどんな本を戦時中、読んでいたか。トルストイの『戦争と平和』そういったもの、あとゲーテとか、チェーホフなど、多くの外国の作家の作品を読み、その感想を記しています。

鎌倉は幸い、空襲はありませんでしたけど、ご存じの通り川崎、横浜、東京は大空襲がありました。ですから、この相模湾からずっと来て、B29がこの上空を飛んでいきます。その様子なども克明に書かれております。そういった日記を付けておられます。

ドイツが5月8日に連合国に対して、無条件降伏をします。それから5月23日が、B29が520機、東京西部地区を空襲。25日、B29、510機、東京中心部を空襲。29日アメリカ軍が那覇に突入と、等々のことがあります。それから横浜が焼夷弾で全市が灰じんに帰する。それから当時の、出版の書籍の総点数なども記されております。

最初の5月1日を見ていただきますと、「晴」となっておりまして、ちょっと読みます。

朝の内少し書き続け、貸本屋の開店を見にゆく。久米小島高見中山横山殆ど奥さん連れで詰めているのが仰々しい。しかし大景気にて最初の一時間で五十数冊を貸出す。

久米正雄、小島さん、高見さん、それから中山義秀、横山隆一さん、フクちゃんですね。フクちゃんの絵などもここに飾られております。1時間で50冊。ものすごく人気があったんですね。

そして、5月2日。

八時に起きて執筆を続け、四十七枚まで書き筆を擱く。かなり降っていたが貸本や相変らず繁昌。同盟の中村氏催促に来たる。夏目君も同様。

角砂糖が一箱七十何円かする。昔二十五銭だったもの。

特にこの物価、闇値ですけれども、細かくここに書かれております。この記述から、鎌倉文庫、本当に人気があって、人がいっぱい借りに来たなというのも、よく分かります。

敗戦の月、つまり8月に入ります。ご存じのように、8月15日にその終戦の詔勅が、玉音放送がありました。そして正式な降伏はミズーリ号の上ですから、9月の2日になりますけれども、日本は8月15日というのが終戦の日です。

そして、言うまでもなく6日と9日に、広島と長崎に原子爆弾が投下され、9日にソビエト軍が一気に満州になだれ込む。

ここでもいろいろお酒が何円とか、

国民酒場の順番を取るのに十円はらって人を行列に立たせ、一回しか飲めぬところをこのプレミアムを出して三回も四回も飲む。

というやつがいるっていう話ですね。いつの時代も、こういう人がいると。もう一つが、軍隊、兵隊が非常によくないと。

鎌倉にいる、例えば永井龍男さんの話。

永井君の話。二階堂浄明寺方面に入って来ている海軍の松何とか部隊と云うのは、敵より悪いと住民に感じさせている。良家に休ませて下さいといって四五人で入って来て大声で勝手な話をし、一軒の家では女なんてもう間もなくどうにでもなるのだと放言し、その家の夫人立腹し出て行って貰う。林房雄の裏に高射砲陣地出来、そこへ砲を運び上げるのに他に地所があるのにとうなすの畑にひき入れ、めちゃくちゃにする。林夫人がなじると、戦争ととうなすとどっちが重要か知っているかという。

高射砲の陣地をつくるので、林さんの裏の畑に勝手に入ってきて、勝手なことをやっている。「皇軍の軍隊が、こう崩れてきたので、仕方がない、嫌な話ばかりで正直に生きていることに悔いはない。餓死してもいいと思う。夫婦のたれ死にも結構である」と、かなり大佛さん、やけになっているというか、それほど、この8月に入りますと、鎌倉でもそういった皇軍と呼ばれた軍隊がそんな感じでいた。

14日のポツダム宣言を受諾しなければ、本土決戦になっていたと思われますが、そうなると相模湾から米軍が上がってきて、鎌倉は、この間『シンゴジラ』でゴジラが上がってきましたけれども、あんな感じで（笑）全部踏みつぶしちゃう映画でしたが、ゴジラよりすごいことになって全滅したと思います。そんな状況がここからも読み取れます。

八月五日　日曜
この夏の鎌倉海岸は海水浴禁止となった。煙草は一日から配給日に三本となる。これではいよいよやめるよりほかはない。考えて見ると僕らの努力はこれまでの生活をどうつなぐかと云うことだけにかかっている。戦後に戦前のような生活を期待するのが無理である。

それまで6本だったんですが、3本になっちゃったんですね。ビールの配給なんかも。つまり大佛さん、もう戦争が終わる、負けるということが分かっていました。

愛着を持って来た物の保存についても同じことだ。取っておきたいから苦しいし、いやな思いをするのである。残ったら望外な倖せと考えるのが本統なのであろう。全部のことが戦争によって崩れた。個人の生活は無論のことだ。家自体が分解しつつある。この事実は日本の文化に大きな変動を呼ぶであろう。（十二時近く小型機の編隊が入って来て空襲警報が出ている。情報を聞きながらこれを認める。）

それから、鎌倉駅で老婆の乞食が死んだという話があるんですね。

現在疎開で毀している駅の外の待合所に寝泊りし、附近の食堂で食っていたらしい。土井君の話だと京都駅なども乞食の巣になっている。○市中芥溜がなくなったせいらしい。〔現在の配給状態では残飯も芥も出ぬ。〕

だからもう配給が本当になくなって、残飯も出なくなったんで、乞食が餓死した。

多摩川附近の朝鮮人部落へ行くと米でも牛肉でも何でも入手出来る。

というのもあります。食糧事情の悪化と、当時の、鎌倉駅の辺りの様子も分かるのではないかと思います。

奈良から知人が来て、大佛さんと話して「小川氏話して見ると戦局に無智である。」戦争の状態を知っていないんですね。大本営発表はほとんど、うそですよね。レイテ戦で大体、日本の連合艦隊は、全滅しますよね。でも、敵艦2隻、撃沈とか言って、何か自分の味方のほうは全部沈んでないという話ですね。
だから、まともに情報が入ってこないので、地方の人なんかは、

地方に住む人の代表的な考え方であろう。今やめたら大変なことになる、という。二・二六の如く重臣を排撃し、青年将校のみで飽くまで戦おうと企てる革新暴動が起るのではないか、という。宣伝せられた本土作戦に希望を持ち切《しき》りと「新兵器」に期待をかけている。

本土決戦というのが自明になってきている。
それから、日本は何か新兵器ができて、一気にアメリカに勝つんじゃないかと思っていた。

巨艦大和は呉で修理して後沖縄沖で逆に敵巡の体当りを受け、味方艦と誤り近づくまで判らず、急旋回したが後尾に撃突され沈んだと小川氏云う。残った軍艦は板を並べ立木を植えて温存せられているとか。

大和も敵の艦とぶつかったわけではなくて、沖縄戦です。米軍の戦闘機波状攻撃で沈められました。相手のアメリカの艦と渡り合う暇がなかったからです。こんな状況も逐一、書かれております。8月7日には、

朝刊に沖縄に敵艦隊に殴り込み巨艦先頭に体当りしたという司令官伊藤中将大将に昇進する旨発表あり。

巨艦は大和でしょうけれども、はっきりした情報ではないですね。こんなふうなことでありまして、八月七日は、もちろん前日に、広島に原爆が落ちてます。大佛さんの所にはこの情報が正確にもたらされています。

夜になると岸克巳が入って来ていよいよということに成ったという。何かと思うと広島に敵僅か二機が入って来て投下した爆弾が原子爆弾らしく二発で二十万の死傷を出した。死者は十二万というが呉からの電話のことで詳細は不明である。

トルウマンがそれについてラジオで成功を発表した。

とあります。

大佛さんは、いろいろな情報を軍部からも、もらっておりました。終戦後、東久邇宮内閣の内閣参与にもなっておりますので、そういう情報がもたらされていた。ですから終戦間近だというのは、もうはっきりと分かっていて、いよいよ原爆が落ちたということも。

そして、8月15日です。

大部分の者が専門の軍人も含めて戦争の大局を知らず、自分に与えられし任務のみに目がくらみいるように指導せられ来たりしことにて、まだ勝てると信じおるならば一層事は困難なるらし。特に敵が上陸し来たり軍事施設を接収する場合は如何？

終戦の玉音放送の前後に陸軍で、その玉音盤を奪って、本土決戦を継続すべしという、動きがありました。そういう情報も大佛さんの所に入っていったと思います。そんなことをやったら、もう終わりだということになると思います。

それから、この戦争に対する大佛さんの感想として、

驚いてよいことは軍人が一番作戦の失敗について責任を感ぜず、不臣の罪を知らざるが如く見えることである。軍隊の組織と云うのが責任の帰するところを曖昧にしているその本来の性質に依るものであろう。戦争に敗けたのは自分たちのせいだということは誰も考えない。悲憤慷慨して自分はまだ闘う気でいるだけのことである。電車の中で見たところでも軍人は悄然としているのと、反って人をへい睨しているのと二色あるそうである。阿南陸相の自刃は詰腹で、少壮に強要せられたのだという説が行われている。逸《はや》まった最期が無責任のように見えるのも同じ軍人的性格であろう。不臣の罪を自覚し死を以て謝罪すべきものは数知れぬわけだがその連中はただ沈黙している。東條など何をしているのかと思う。レイテ、ルソン、硫黄島、沖縄の失策を現地軍の玉砕で申訳が立つように考えているのなら死者に申訳ない話である。人間中最も卑怯なのが彼らなのだ。

大佛さんが作家として、戦争の事実、現実を見つめようという、そういう思いが19年の

９月から突如、書き出したものということからもあるんではないかと思います。大佛さんは、特に『天皇の世紀』を読みますと、日本の幕末からの話ですけれども、日本人の文化的な力、そういったものを高く評価していると思います。

しかし、同時にこの戦争に入っていったときの軍隊の在り方、軍人の姿というものを大変、こんな感じなのかという怒りを持っていますね。そういった、もろもろの体験が、その後の作品にも反映されているような気がします。

小林秀雄にとっての「戦争」

小林秀雄は実は戦争中、あまり当時の、戦争についての文章を書いておりません。ただ、短い文章なんですけれども、「戦争と平和」というのがあります。

正月元日の朝、僕は、帝國海軍眞珠灣爆撃の寫眞が新聞に載つてゐるのを眺めてゐた。

これは、ですから昭和16年の12月8日に真珠湾攻撃をして、17年の元旦のことです。海軍が真珠湾を攻撃した写真が大きく載りました。これは、私も見たことがあります。古い新聞をちょっと取り寄せてきました。1面大きく、朝日新聞だったと思いますが、大きく真珠湾に行く飛行機を撮っている訳ですね。その写真を小林さんが見て、書いたものです。ここで私が非常に印象的なのは、小林さんが、この写真から、どういうことを感じたんだろうっていうときに、

空は美しく晴れ、眼の下には廣々と海が輝やいてゐた。漁船が行く、藍色の海の面に白い水脈《みを》を曳いて。さうだ、漁船の代りに魚雷が走れば、あれは雷跡だ、といふ事になるのだ。海水は同じ様に運動し、同じ様に美しく見えるであらう。

という文章を書いています。

ですから、戦争がいいとか悪いとかっていうことではなくて、ここに何か大きな運命的な瞬間がやっぱり写っていると。そして、ここに真珠湾を攻撃したその兵士の目に写っていたものを、自分が今ここで見ているんだと、そういうことを書いています。小林さんは

戦時中、いわゆる時局的な文章を書いておりませんけれども、こういう文章をちょっと書いたり、それから実は、大東亜戦争が始まる前に、満州に行ったりしていて、そのときの話とかを書いています。

実は、ドストエフスキーというロシアの作家について、小林さんずっと当時、書かれていて、それと並行するように、満州事変以降の日本が占領していた中国に行って、広州とか蘇州、満州の印象という文章を書いています。

小林さんの中にあったのは、歴史というものが、大きな怪物のように、この小さな人間たちを動かしている。人間が歴史を動かすんだけれども、同時に歴史が、運命的な力で人間を引っ張っていく。個人の力を超えたものが、やはりあるんじゃないかという、歴史の必然性とも呼ぶべきもの、その恐ろしさ、これを戦争のさまざまな場面から感じていたと思います。

小林さんが戦争中に書いて戦後、昭和21年の2月に出すのが、『無常という事』という本なんです。日本の古典、実朝とか西行、『徒然草』などについて書いたものです。歴史とは何だろうかということを、日本の古典に材を取って書いています。これはやはり、あの戦争、満州事変以降の、この日本の歴史の流れっていうもの、こういう内閣があって、こういう軍閥ができて、そして大きな戦争に突入していく流れっていうのを小林さんは、文学者として感じられていたんじゃないのかなと思います。

それは、東条が悪いとか、幣原がどうのとか、近衛が悪いとかって、いろいろ言えるんですけれども。陸軍が悪いとか、海軍が駄目だとか、いろいろ言えるんですけれども、やはりそういう全てを超えて、何かこう動かされていく、歴史の力の恐ろしさみたいなのを小林さん感じられていて、この『無常という事』とかを読むと、そういう小林さんの心境が浮かび上がって来るという気がします。

ですから、小林秀雄は、この戦争中何をどう思っていたのか。戦後、小林さんは、戦争中は弾圧されていた、左派のマルクス主義者たちが転向した人たちが中心になって、埴谷雄高とか、平野謙とか、本多秋五らがやった『近代文学』に、実は小林さんは呼ばれて、語っています。

そのときに、小林秀雄は、あの戦争について俺は反省しないと言っているんです。俺は、ばかだから反省しないと。利口なやつは、たんと反省すればいいよと。俺は、ばかだから反省しねえって、たんか切っています。文学者でも、林さんはそうなりましたけど、戦争責任者で、追求されます。小林さんはそこに入っていません。林さんが戦争責任っていうことで、一時期自由に書けなくなりました。ですから、小林さんの戦争への向かい方っていうのは、微妙なところがありますが、小林秀雄の中では、やっぱりあの戦争の問題は、歴史とは何かっていう問題と結びつく。

それからもう一つ、小林秀雄は、ライフワークに本居宣長という国学者を書いています。で、これを、宣長をいつの段階でということを考えますと、恐らくこの戦争中に本居宣長を小林さんは一生懸命、読んでいた。

宣長が書いた『古事記伝』というのがあります。それを読んでいた。本居宣長論が昭和40年、63歳のときから連載が雑誌で始まるんですが、その冒頭で、

本居宣長について書いてみたいという考えは、久しい以前から出ていた。戦争中のことだが、古事記をよく読んでみようとして、それなら面倒だから、宣長の『古事記伝』をと思い、読んだことがある。

そんなような記述があります。宣長は、ご存じのように、日本人とは何かっていうことを突き詰めた最大の思想家です。

だから、戦争中に小林秀雄は、つまり、仏教や儒教やそういうものではなく、「日本人の本当の信仰は何か」っていうことを突き詰めたんです。大和心というものです。戦争中、宣長は、そういう意味では日本主義に利用されて、「敷島の大和心を人問はば朝日ににほふ山桜花」という和歌も偏った解釈をされた。大和心って何?って聞かれたら、朝日に匂う山桜だと。非常に柔らかかったんですね。山桜が、穏やかなんです。だから、大和心って決して勇気果敢に突進するっていう、玉砕するっていうのじゃない訳です。むしろ逆です。たおやめぶりです。そういう意味では、ますらおぶりではなくて、たおやめぶりです。

で、宣長は一貫して、そのたおやめぶりの中に、日本人の大和心があるっていうふうに言っている訳です。しかし、戦争中は、その今の歌も軍国主義、愛国主義に使われまして、昭和19年のレイテ戦のときに、初めて神風特攻隊が形成されましたが、あの四つの部隊は、その大和隊、朝日隊、山桜隊、敷島隊っていう、全部、宣長の歌から取られた隊名になっています。だからやっぱり小林さんの中で、あの戦争は、この宣長を書くに至るまでの、大きな課題としてあったんじゃないかなという気がしています。

川端康成と哀しみの日本

もう一人、あの戦争というものを深く捉えたのが、私は川端康成だと思います。さっきちょっと『文學界』のお話しをいたしました。昭和8年に『文學界』ができるんですけれども、その頃の川端さんというのは、非常にモダンな小説を書いていました。新感覚派と呼ばれていますね。横光利一と共に大正のモダニズムです。シュールレアリズム、超現実主義とか、古賀春江とかの絵描きさんの影響とかもあったんです。『浅草紅団』っていう、浅草を舞台にした非常にモダンな小説を書いています。

昭和9年ぐらいから『雪国』を書き出します。『雪国』で川端さんは、古い日本っていうのに回帰したんではなくて、『雪国』という小説も、ものすごいモダンです。読んでみると、文章自体はものすごい新感覚派です。「国境の長いトンネルを抜けると、雪国であった」。その次の1行が、「夜の底が白くなった」です。これでノーベル賞ですよね。普通ならば、列車がトンネルを抜けて雪が降っていて、明かりがないので、降り積もった白い雪がおぼろげに輝いていたとか何とかって書くんです。

ところが「夜の底が白くなった」って書いています。これは、完全に新感覚派の文体です。つまりそういう文体で世界を書いています。だから、川端さんは、一貫してモダニズムもあって、しかし、日本とは何かっていうことで『雪国』を書き、そして戦争の中もそれを考えていました。

昭和18年に母方のいとこの方の、三女の政子さんを養女として引き取ります。川端さんは、奥さまとの間に子どもがいなかったから。そのことを中心に戦争中に書いたのが、『天授の子』。天から授かった子っていう、川端さんはご存じのように、若くしてお父さん、お母さんを失い、そしておばあさん、そして15歳でおじいさんを失って、天涯孤独になります。

ですから、この自分がぜひ、やっぱり子孫というのを残したいと思う、川端家を残したいというのが、強くありまして、養女をもらって、そして結婚して、お孫さんができたということです。

『敗戦のころ』という文章でこう語っています。

太平洋戰爭、日本の敗戰は、「平家物語」や「太平記」のやうに、大きい作品としたい願望を持つてゐるが、實現出來るかどうか分らない。

川端さん自体が、そういうのをやりたいと思っていた。

鎌倉にゐたので、戰爭の被害は全く受けず、防空演習にも、勤労動員にも、一度も出なかつた。降伏近くには、鎌倉の文士たちも鎌倉山へ穴掘りに行つたのだが、私は行かなかつた。

引受けさせられたが、夜間の空襲警報に燈火を見て廻るだけで、人を起こすやうなことはしなかつた。戰爭中も徹夜の讀み書きは變りなかつたから、夜番には上乘であつた。まあ冷靜な夜番をつとめた。

実は開戦の直前まで、奉天にいたんですかね。それから北京にもいたんです。それから11月の終わり、これは昭和16年です。

十一月の終り、大連に泊つてゐると、S氏が私を追ひ歸すやうにした。米英との開戰が間近なのをS氏は知つてゐて、私の身を案じてくれたのだつた

戦争が始まるというので、帰国しました。

二十年の四月、私は初めて海軍報道班員に徴用され、特攻隊基地の鹿屋飛行場に行つた。今急になにも書かなくていいから、後々のために特攻隊をとにかく見ておいてほしい、といふ依頼だつた。新田潤氏、山岡荘八氏と同行した。

と、鹿屋の基地に行っています。これは、海軍の特攻隊ですね。陸軍は鹿児島の知覧にあります。鹿屋の基地は、今、自衛隊の施設になっております。特に頼めば見学ができます。私はまだ入っていませんけれども、この鹿屋のほうの特攻隊基地に行って、少し滞在していたんです。

特攻隊の攻撃で、沖縄戦は一週間か十日で、日本の戦利に終るからと、私は出發を

急がせられたが、九州についてみると、むしろ日々に形勢の悪化が、偵察寫眞などによつても察しがついた。艦隊はすでになく、飛行機の不足も明らかだつた。私は水交社に滞在して、將校服に飛行靴をはき、特攻隊の出撃の度に見送った。

私は特攻隊員を忘れることが出來ない。あなたはこんなところへ來てはいけないといふ隊員も、早く歸つた方がいいといふ隊員もあつた。出撃の直前まで武者小路氏を讀んでゐたり、出撃の直前に安倍先生（能成氏、當時一高校長。）によろしくとことづけたりする隊員もあった。

飛行場は連日爆撃されて、ほとんど無抵抗だつたが、防空壕にゐれば安全だつた。沖縄戰も見こみがなく、日本の敗戰も見えるやうで、私は憂鬱で歸った。

特攻隊についても、一行も報道は書かなかつた。

戦後に小説『生命の木』を書いています。

一月あまりゐて、危い空路を鎌倉に歸ると、貸本屋の鎌倉文庫が八幡通に開店してゐた。

久米正雄、中山義秀、高見順、それに私の四名が、責任經營者だつた。町の人の讀書欲（特に文學）の渇望に應じ、大變な繁昌をして、私たちの生活の足しにもなつた。共産主義以外の本は自由にならべた。

久米正雄氏の家で、廣島に原子爆彈が落されたと、世間よりはやく聞き、もはやこれまでと、私は家に歸つて、初めて疎開をかんがへた。

降伏も早く知つた私は、極右の本と極左の本を、一人ひそかにリユック・サックで貸本屋から家に運び、庭で燒きつづけた。アメリカに調べられるかと恐れたのである。この貸本屋が大同製紙から誘ひをかけられて、出版會社の鎌倉文庫となつた。私はその事務の多忙に、敗戰のかなしみをまぎらはすことが出來たのは幸ひだつた。

というようなことが書いてあるんです。

鎌倉文庫という出版社になって、三島由紀夫が川端さんの所に原稿を持ち込んで、戦後のデビュー作が『人間』という鎌倉文庫の雑誌に発表されます。川端さんの、戦争中の思いについては『天授の子』をご覧いただきたいんですけど、川端さんは何を感じたのかっていうのがよく出ています。

素晴らしい文章だと思います。

鎌倉の大きい松古い松は戰爭の最中からこちらに、大方枯れ果てた。日本の荒れほろびの象徴のやうに赤くなつて枯れた。ときはなる松のみどりが枯れたのだ。

私は戰ひがいよいよみじめになつたころ、月夜の松影によく古い日本を感じたものであつた。私は戰爭をいきどほるよりもかなしかつた。日本があはれでたまらなかつた。私は隣組の防空群長をしてゐた。晝間家にゐる男は私一人だつたからである。しかし、私の夜通し机に向つてゐることは變りなかつたので、夜番にはあつらへ向きだつた。警報が出ると燈火を見廻つた。隣組を起こすはずの時にも私はまあ起こさなかつた。空襲警報の下で寢てゐる人々の眠りが、私はあはれに思へた。

月夜は格別だつた。人工の明りをまつたく失つて、私は昔の人が月光に感じたものを思つた。鎌倉では古い松の並木が最も月かげをつくつた。燈火がないと夜はなにか聲を持つやうだつた。空襲のための見廻りの私は夜寒の道に立ちどまつて、自分のかなしみと日本のかなしみとのとけあふのを感じた。古い日本が私を流れて通つた。私は生きなければならないと涙が出た。自分が死ねばほろびる美があるやうに思つた。私の生命は自分一人のものではない。日本の美の傳統のために生きようと考へた。

さうして日本が降伏すると、私は自分をもう死んだものとして感じた。これから後は言はば殘生だと思ふことによつて、私は多くのものを捨てようとした。いきどほりもかなしみも捨てようとしたのであらう。

夜、灯火管制していますから真っ暗ですね。月が空に昇って、その月影の中で、その松影を見ながら、自分の悲しみと、この日本の悲しみが溶け合う気がした。

自分としては、生きないといけないわけです。つまり自分が生きることで、この滅びていく日本の美しさというものを書かないといけないというのが、川端さんの想いだと思うんです。昭和12年に『雪国』を出していますが。だから、さっき言った特攻なんかに行く学徒の人たちは、その『雪国』を持って行ったんです。

ところが戦争が終わって、もう一度書き直します。昭和23年に完成版『雪国』を書きます。つまり川端は、この思いをもう一度あの『雪国』という作品に託して、あの作品を完成させたんです。昭和12年版の雪国と戦後の、今、われわれが文庫で読んでいるのを読み比べると、よくその辺が分かります。

あの日本の戦争は、川端にとって、非常に大きなものであったし、同時に、この哀れという言葉が何回も出てきますね。もののあはれ。実は、川端さんは、この戦争中にもう一つ大事なのが、『源氏物語』を湖月抄版ですね、それこそ明かりがあんまりつけられないので、大きな文字のほうがいいからと読んだと言います。湖月抄版というのは、江戸期に出た注釈の入った源氏です。これをずっと読み続けて、横須賀線に乗るときもそれを読み続けたと。だんだん戦火が激しくなって、空襲も東京なんかであって、戦火の匂いが強くなってくる、そういう中でも読み続けた。そしてこの日本が滅びていくという感じを、川端は深く思う。

それからもう一つ、川端さんは、戦争の後、昭和23年と24年と25年に広島に行っております。これは、日本ペンクラブの会長を志賀直哉から川端さんが受け継いでいたからです。それも『天授の子』に出ております。

立つ前に徹夜の仕事が續いた上、大船から十八時間眠れないで午後三時前に廣島に着くと、驛から直ぐに市内の原子爆彈の跡を見てまはりってある。列車でずっと18時間、大船から行って、いろいろな役目をしたんです。

私は広島で起死回生の思ひをしたと言つても、ひそかな自分一人には誇張ではなかつたかもしれない。私は、この思ひをよろこんだばかりではなかつた。自らおどろきもし、自ら恥ぢもし、自ら疑ひもした。自分の生きやうかあるひは仕事の奇怪さをかへりみずにはゐられなかつた。私は広島のシヨツクを表に出すのがためらはれた。人類の惨禍が私を鼓舞したのだ。二十万人の死が私の生の思ひを新にしたのだ。

川端さんは広島で、特別な印象を受けています。あの惨状を見て、自分が起死回生の思いをした。こんなことを書く人はいません。ちょっとためらわれます。川端さんの中で、あの廃虚が、何かすごい強い生命力をむしろ、廃虚から感じたんだと、さっきも自分が生きようと思ったという、それとちょっとまた違うニュアンスですね。これが、広島で起こったんです。

簡單に言つてしまへば、私は廣島の原子爆彈の悲劇が書きたくなつたのだ。私にとつてはそれだけのことだ。實際に書いても書かなくても、ただ書きたくなつただけで、私は生きる思ひをしたのだつた。

私は戰爭の日本をいきどほるよりもかなしんだやうに原子爆彈の廣島をいきどほるよりもかなしんだから、もし廣島を書いてもかなしみの記録になるかもしれないが、平和をねがはずには書けるものではなかつた。敗戰のみじめさのなかで私は生きてゐたいと思つたやうに、廣島のむごたらしさも私に生きてゐたいと思はせた。

川端さんは、広島を書こうとしたんですね。川端さんは、実際には広島を書いていませんが私は、『山の音』という作品がそれだと思います。全然、広島のことが出てきません。鎌倉が舞台になっているんです。しかしあの作品は、川端さんにとって、この体験が底にあるんじゃないかなと思っています。『山の音』を読んでいただくと分かります。ものすごく不思議な暗い作品です。陰惨な作品です。だけど、あの陰惨さの中に何か川端さんの深い悲しみがある。戦争そして広島の惨状というものが、一番下の所に込められてるような気がします。

だから、直接に広島は書かなかったですけれども、川端さんにとって、戦時中の鎌倉のこと、それから広島に行ったことは、その後の川端文学に大きな影響があったのかと思っています。

林房雄の『大東亜戦争肯定論』

林房雄さんはさっきちょっと申し上げたように、終戦のときに、小林さんとほぼ同世代、ですね。明治36年の生まれです。大分の出身です。本名は後藤と言います。林房雄はペンネームです。

当時、帝大新人会っていうのがありまして、林さんはそこに入って、その後プロレタリア文学を指導します。プロレタリア文学の代表的作家になります。林房雄のペンネームで『マルクス主義』という理論機関誌の編集員をやります。そこから日本プロレタリア文芸運動の委員をやります。で、大正15年、昭和元年ですが、23歳のときに、治安維持法でつかまります。未決囚に送られて、その後、再びつかまったりするんです。日本プロレタリア芸術連盟の後に、労農芸術家連盟等をやって、プロレタリア作家として活躍しますが、昭和５年に検挙されて獄に入ります。そこで、転向し、社会主義を捨てます。

その後、林さんは、もう一度、日本の歴史、明治維新の歴史を探って、左翼から逆に日本主義っていうんでしょうか。それに、林さんは、目覚めていきます。明治維新のことを小説に書いて、『青年』という小説を書いたりしていきます。あるいは、西郷隆盛を書いていたりします。ですから、左翼、プロレタリアから転向したのです。

昭和12年の日中戦争のときは、中央公論の特派員として上海に従軍しています。それから、その後、昭和15年には影山正治という、これは右翼と言っていいでしょう、大東塾っていうのがございまして、その客員になっています。

従って、戦後、敗戦と共に、ＧＨＱの公職追放対象になります。戦争責任ということで、有力雑誌に作品を発表できなくなりました。鎌倉におられたんですけれども、小林秀雄さんらが編集をしていた、『新夕刊』という雑誌なんかに書いたり、それから白井明という筆名で、中間小説というんでしょうか、それをいっぱい書かれました。

それから、『息子の青春』という家族ものの小説を書いたりしました。

ただ、林さんにとって、やはりあの戦争はなんであったかということは、生涯の最大のモチーフだったと思います。ですから『大東亜戦争肯定論』を昭和39年に刊行します。これは歴史論であり評論です。昭和39年に中央公論に連載されて、番町書房から出ます。なぜ中央公論から出さなかったかというと、やっぱりこのタイトルが、きつ過ぎると、それからこの本を読めば、林さんが戦争を肯定しているのでは、もちろんないわけですけれども、ちょっと中央公論がひるんだんですね。

その後、夏目書房という所から、2001年に刊行されました。私は夏目書房の社長と友達だったので、ぜひ解説書くよということで、解説を書かせていただきました。このご縁で、次男の後藤さんと何度かお会いしたりしていましたけど、この本は、やっぱり誤解も受けた本ですけれども、林さんが、明治維新の前からの歴史をたどりながら、あの戦争はどういうふうな戦争だったのだろうかということを書いています。

林さんの戦争の定義は、「東亜百年戦争」であるっていうのが、大事な定義です。

たしかに人騒がせな題名にちがいない。「聖戦」、「八紘一宇」、「大東亜共栄圏」などという御用ずみの戦争標語を復活し、再肯定して、もう一度あの「無謀な戦争」をやりなおせというのかと、まず疑われるおそれが十分にある。

いかに調子はずれの私でも、そんなことは言わぬ。読者もそんな議論なら聞きたくないだろう。ありのままを言えば、松本清張氏の小説『象徴の設計』をめぐる『朝日新聞』紙上の小論争の中で、「私の『大東亜戦争肯定』は、私自身の歴史研究の成果であって、現在でも変らない。この『無謀な戦争』が世界史の転換に与えた大衝撃は、ウェルズやトインビーの証言を待つまでもなく、戦後の世界史が実証している」

という気負い立った一言を吐いた。それが中央公論編集者の目にとまり、「大東亜戦争のどこを、どんなふうに肯定するのか」たずねられ、発言の責任を取らせられた形になった。私はその問いに答えることにした。題名は私自身が選んだ。決してその場の思いつきではなかった。長いあいだの持論をそのまま文字にあらわしただけである。


林さんは、大東亜戦争は、100年戦争だということを言っているんです。100年戦争とはどういうことなんだっていうことです。ちょっと読んでみます。

さて、やっと私の意見をのべる番がめぐってきたようだ。
私は「大東亜戦争は百年戦争の終曲であった」と考える。ジャンヌ・ダルクで有名な「英仏百年戦争」に似ているというのではない。また、戦争中、「この戦争は将来百年はつづく。そのつもりで戦い抜かねばならぬ」と叫んだ軍人がいたが、その意味とも全く違う。それは今から百年前に始まり、百年間戦われて終結した戦争であった。今後の日本は同じ戦争を継続することも繰りかえすこともできない。「東亜百年戦争」は昭和二十年八月十五日に確実に終ったのだ。

この大東亜戦争がなぜ百年戦争かというと、これは西洋列強というものが、19世紀後半にいわば帝国主義として、アジア、東洋に出てきました。中国はじめ、インドもそうですが、植民地にしました。

つまり、明治維新によって近代の国民国家をつくることで、唯一、植民地化を免れたアジアの国家が日本です。で、そうなると日本は、西洋列強と実に戦い続けてきたんだというのが林さんの考え方です。

米国海将ペルリの日本訪問は嘉永六年、一八五三年の六月。明治元年からさかのぼれば十五年前である。それが「東亜百年戦争」の始まりか。いや、もっと前だ。この黒船渡来で、日本は長い鎖国の夢を破られ、「たった四はいで夜も寝られぬ」大騒ぎになったということになっているが、これは狂歌的または講談的歴史の無邪気な嘘である。

オランダ、ポルトガル以外の外国艦船の日本近海出没の時期はペルリ来航からさらに七年以上さかのぼる。それが急激に数を増したのは弘化年間であった。そのころから幕府と諸侯は外夷対策と沿岸防備に東奔西走させられて、夜も眠れるどころではなかった。

ペリー来航と象徴的に言っていいでしょう。日本は、いわば、西洋列強に対する防衛施策を始めた。それが例えば、吉田松陰であり、さまざまな攘夷論です。夷狄を討たなければならない。これが明治維新の原点です。

つまりこの攘夷論が、常に日本の西洋との戦いの、最初の理論武装であったということです。具体的には、薩英戦争と、馬関戦争、これはご存じのように、薩摩は、イギリスと戦いました。長州も戦いました。両方とも徹底的にやられた訳です。鹿児島も火の海になりました。ですから、そのときに薩摩と長州は、西洋を攘夷でたたくことはできない。一度、開国して、西洋の力、軍事力や文化力を全部入れて、そしてもう一度、西洋と対峙しなければならないというので、東亜百年戦争の、最初の戦いの火ぶたになった。

その後、日本は長い、もちろんその間、休みもあったけれども、日清、日露の戦いがあり、中国への侵略、侵出があり、そして、その大東亜戦争も、中国大陸への侵出がアメリカとの衝突にぶつかっていく。事実上、日本は、イギリスやアメリカやオランダや、ABCD包囲網によって完全に資源封鎖をされます。それが12月8日へといく訳ですけれども、林さんの考え方は、この100年間、戦ってきた戦争の中に、昭和16年からの大東亜戦争を位置付けて考えるべきだと、巨視的なと言いますけれども、非常に説得力があります。あの戦争はいつから始まったのかっていうのは、一つの考えでは、15年戦争説、つまり満州事変から後日本が中国に侵略したから、あの戦争になったという考え方があります。林さんは15年戦争説は採らないです。もっと前から考えないと、そもそもなぜ、朝鮮半島を領有し、中国に侵出したのか。それをたどっていくと、東亜百年戦争説が出てくるというのが、林さんの考え方です。

いろいろ議論があると思いますが、林さんは、この大著を日本人の魂として書きました。今、中公文庫になっています。ぜひ読んでいただきたい名著です。

こんなふうに鎌倉に住んで、あの戦争と敗戦、そして、戦後の混乱期も含めて、それが、それぞれの文学者の小説や思想になったと思います。林さんは、小林さんとも親しくて、毎年、温泉かどこかに旅行されたときに、お酒飲みながら、すごい議論をしたそうです。小林さんと林さんがあるとき、やっぱりあの戦争を巡って、ものすごい議論をしたそうです。それは、公表されていませんけれども、どんな議論したんだろうかという気がします。

（了）

後　記

鎌倉に住んで二十五年、四半世紀ほどになります。二〇一二年四月に鎌倉文学館館長に就任し、「鎌倉文士」が身近になり、講演会などで話す機会も増えました。「銀の鈴社」の西野大介君の発案で、「かまくら学府」という集まりも始め、多くの方々との交流を成すこともでき今日に至っています。

本書の成立は、そんなカマクラでの時間がうながしてくれたのだと思います。編集に関わって下さった西野真由美社長はじめ「銀の鈴社」のスタッフの皆さん、素敵な写真でお世話になった中村早紀さん、鎌倉文学館そして鎌倉市芸術文化振興財団、鎌倉同人会の方々に心より御礼申し上げます。そして、関東学院大学文学部比較文化学科で、怠け者の先生であった私のゼミナールの卒業生として、八面六臂の活躍をする西野大介君にあらためて深く感謝します。

平成二十九年十月十日

富岡　幸一郎

鎌倉文学館

文学館へのアプローチは緑の木立に囲まれ、館の中に入り、窓外へと目をやると青く輝く湘南の海が一望できます。

当館は、旧前田侯爵家の別邸を鎌倉市が寄贈を受け、昭和60年（1985）以来、文学館として活用しています。国の登録有形文化財となっている格調と気品あふれる建物の中に、鎌倉ゆかりの文学者の展示を行ない、文学資料の収集保存など様々な活動をしています。静かな環境、貴重な建物の中で、ゆっくりとした時間を過ごして頂きたいと思います。

また広大な庭園と美しいバラ園は、当館の魅力を一層高めています。海からのそして山からの風を身に受けながら、来館者に散策して頂き花々を愛でる楽しさもあります。

平成17年（2005)、当館では「文学都市かまくら100人」展を開催しました。当時の館長であった山内静夫は、「文学都市とは、大きさを示す言葉ではない。鎌倉に生きる歴史の重みと、鎌倉を愛した文人たちの気概が、鎌倉を格調高い都市とさせている」と記しています。

明治以来とくに昭和に入り、鎌倉には多くの作家・詩人・歌人・俳人・評論家たちが集い、居を構えます。その文学者たちは日本の近代文芸史に大きな足跡を残しました。その「鎌倉文士」の精神は現代へも引き継がれ、新しい世代の文学者たちもここに集っています。

鎌倉文学館はさらに内容の充実を図り、多くの来館者に喜び、感動して頂けるよう努力してまいります。今後ともよろしくご支援を賜りますようにお願い申し上げます。

鎌倉文学館指定管理者
鎌倉市芸術文化振興財団・国際ビルサービス共同事業体
鎌倉文学館館長　富岡幸一郎

〒248-0016
神奈川県鎌倉市長谷１-５-３
TEL　0467-23-3911
FAX　0467-23-5952
http://www.kamakurabungaku.com

富岡幸一郎（とみおか　こういちろう）

1957年東京生まれ。

中央大学在学中に「群像」新人文学賞評論優秀作を受賞し、文芸評論を書き始める。鎌倉市在住。文芸評論家。関東学院大学国際文化学部比較文化学科教授。神奈川文学振興会理事。鎌倉同人会理事長。2012年 4 月、鎌倉文学館館長に就任。（公財）鎌倉市芸術文化振興財団理事。

著書に『内村鑑三』（中公文庫）、『川端康成 魔界の文学』（岩波書店）等。

NDC914
神奈川　銀の鈴社　2017
184頁　18.8㎝（鎌倉文士とカマクラ）

銀鈴叢書

2017年11月10日初版発行
本体1,500円＋税

鎌倉文士とカマクラ

写真協力：中村早紀

著　　者　富岡幸一郎©
発 行 者　柴崎聡・西野真由美
編集発行　㈱銀の鈴社 TEL 0467-61-1930　FAX 0467-61-1931
〒248-0017　神奈川県鎌倉市佐助1-10-22
http://www.ginsuzu.com
E-mail　info@ginsuzu.com

ISBN978-4-86618-015-1 C0095
落丁・乱丁本はおとりかえいたします。

印　刷・電算印刷
製　本・渋谷文泉閣